金蝶を追って
輔
by Eisuke AIKAWA
竹書房文庫
JN053658

Take Shobo

◉

竹書房文庫

黄金蝶を追って

相川英輔

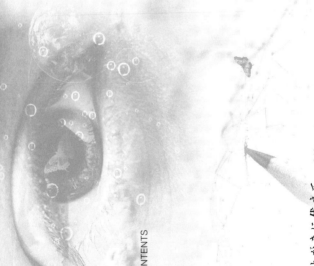

CONTENTS

星は沈まない 005

ハミングバード 057

日曜日の翌日はいつも 083

黄金蝶を追って 145

シュン＝カン 189

引力 225

あとがきに代えて 249

初出一覧 254

星は沈まない

大変な一日がようやく終わった。

須田俊寛《すだとしひろ》はほとんど倒れ込むようにバックヤードの椅子《いす》に座る。全身が疲れ切っていた。この店舗で働き始めて十年になるが、ここまでの疲労を覚えたのは初めてのことだ。しかし、非は自分にある。百円セール期間に合わせておにぎりを三百個発注するつもりが、誤って三千個頼んでしまったのだ。

「お疲れさまでーす」時間差でアルバイトリーダーの丹波《たんば》君がバックヤードに入ってきた。彼はまだまだ元気が残っていそうだ。否応《いやおう》なしに齢《とし》の差を感じてしまう。

「丹波君、今日は本当にありがとう」須田は立ち上がって深く頭をさげる。

「やだなぁ、店長。顔をあげてくださいよ」丹波君が手を振る。

「君が機転を利かせてくれなかったら大変なことになっていた」須田のほうが十センチほど背が低いので、向かい合うと相手を見上げる形になる。

「完売できてよかったです。災い転じて福となす、になったじゃないですか」

「だが、君のせいにする必要はなかった」

「いいんです。おかげでフォロワーも増えましたし」丹波君はこともなげに笑う。

朝一番、大量のおにぎりが届き、青ざめる須田の横で、彼はすぐに個人のSNSアカウントで発信を開始した。

〈助けてください！　僕のミスでおにぎりが予定の十倍届いてしまいました！　三千個です！　東京海洋大学《とうきょうかいようだいがく》近くの港南店《こうなんてん》です〉

山のように積まれたおにぎりの画像を載せて送信すると、瞬《また》く間に拡散された。丹波君は笑いと同情を誘うようなポップを書き、特設コーナーを設けた。彼は東京海洋大学の卒業生なので、直接後輩たちに連絡もしてくれた。面白がった学生やネットを見た客が続々とやってきて、二つ三つと買っていってくれた。そのたびに須田は恐縮しお礼を述べたが、購買客たちは皆笑顔で「頑張ってくださいね」と励ましてくれた。丹波君が残りの数を発信するたびにSNSには沢山《たくさん》の「いいね」がつき、来店客もさらに増えた。本当は夕方五時までのシフトだった丹波君には、無理をいって急遽《きゅうきょ》夜まで残ってもらった。結果的におにぎり以外の商品も多く売れたので、今日の売り上げは過去最高を記録した。

SNSの力をまざまざと見せつけられた。ただ、それは使い慣れた丹波君がやってくれたからこそ効果があったのだ。アナログ人間の自分が付け焼刃《やきば》でやっても駄目だっただろう。彼がこの店で働くようになって四年。これまで何度も助けられてきたが、今回は本当に救われた。特別手当としてポケットマネーで一万円を渡そうとしたが、彼はそれを拒んだ。

「時給をもらってるので、それ以外はいりませんよ」

「それでは私の気が済まない」

「僕は自分にできる仕事をしただけですって」と彼が苦笑する。

「しかし――」

「それじゃ、また明日」丹波君はそう言うと、謝礼を受け取らずに退店した。

彼は就職活動に失敗し、大学を卒業した後もここで働き続けている。狙っている職種があるそうだが、そうはいってももう二十四歳になる。親御さんだって将来を心配しているだろう。コンビニエンスストア業界をどう思っているか分からないが、彼がこの会社に就職したいというのであれば、微力ながら手助けをするつもりだ。

とにかく、日報を書いて今日はもう帰ろう。売り切った安堵感《あんどかん》はあるが、それ以上に自らに対する失望が強かった。桁を見誤るなど、以前だったら絶対にしない単純ミスだ。加齢のせいだろう。還暦を過ぎたあたりからドキッとするような失敗を犯すことが増えた。商品の陳列をするたびに腰や膝が痛むし、昔に比べると夜勤の疲れも抜けにくくなった。定年退職まではあと三年あるものの、潔く引退したほうがいいのかもしれない。子どももいないし、離婚した妻とはもう連絡も取りあっていない。仕事を辞めても困る者はいないのだ。

だが、退職後の生活はまるで想像できない。何か熱中できるものがあればいいのだろうが、趣味と呼べそうなものは下手な将棋くらいしかない。四十年間もこの業界で働いてきた。他のことはほとんど何一つ知らない。

須田はバックヤードでため息をつき、ごま塩頭を掻《か》く。きっと今は疲れて気が滅入っているだけだ。こんなときに退職のことなど考えてもまともな結論には辿《たど》り着かないだろう。

日報を作成し終えると、すでに夜十時を過ぎていた。コンピュータの入力作業も以前より時間がかかるようになったと感じる。夜勤のアルバイト生に簡単な引継ぎを行い、私服に着替えた。店を出る前に、遅い夕飯として新商品のつまみと発泡酒二本を購入する。売り上げに貢献する意味もあるし、味を知っておくためでもある。入社以来ずっと続けてきた習慣だ。本社勤務のときも欠かさず店舗の商品を購入していた。

——何もかも耐えられなかった。

離婚届を置いて出て行った妻が書き残したメッセージだ。「何もかも」の中には、家庭を顧みなかったことだけでなく、毎日のようにコンビニエンスストアの食品を口にしなければならないことも含まれていたのかもしれない。

店を出て、数歩歩いたところで気が変わった。まっすぐ帰る気になれない。くたくたに疲れきってはいるものの、布団に潜り込んでもきっと眠れないだろう。折り重なった感情をいくらかでもほぐしておきたい。須田はバックヤードに戻り、梯子《はしご》を取り出した。アルバイト生が「店長、またですか？」と呆《あき》れた表情を浮かべた。

店舗の裏手に回り、梯子を立てかける。ビニール袋に入れた商品を片手に、屋根へと上った。潮風が心地いい。屋根は断熱のために凹凸があり、決して座りやすくはないが、須田は慣れたものだった。つまみの封を切り、発泡酒を開ける。疲れた体にアルコールが沁《し》み渡る。かぁっ、と思わず声が漏れ出た。店の屋上であぐらをかいて過ごす時間は、須田にとって数少ない楽しみの一つだった。

この辺りは物流センターや資材置き場などが多いものの、マンションも何棟かは建っている。こんな姿を近隣の住人に見られたら苦情が入るかもしれない。だが、誰に迷惑をかけているわけでもない。苦情を言われたらそのときはそのときだ、と須田は開き直っている。

つまみを食べ終えると、屋根に寝転がった。海沿いの埋め立て地なので、品川駅からわずか数百メートルという距離にもかかわらず、周囲は驚くほど静かだ。今夜は星がよく見える。彦星《ひこぼし》と織姫星《おりひめぼし》。七夕もそう遠くない。例年、店の前に笹と短冊を置き、客が自由に願いを書けるようにしている。そろそろ準備を始めないといけない。いや、今くらいは仕事のことは忘れよう。

建ち並ぶ建物の隙間からわずかに海が見える。だが、須田はすぐに顔を背けた。海を見ると、四十年前のことが嫌でも思い出されてしまう。自分の人生を変えた会話。平良《たいら》の顔が浮かび、不快な気持ちになる。この齢で不採算店の店長を務めているなど、昔の自分に聞かせたら絶対に信じないだろう。若いときは野心と意欲に満ちていた。だが、もはや何もかも消え失《う》せた。自分は敗残者なのだ。

「店長ー、エリアマネージャーの瀬尾《せお》さんから電話ですー」アルバイト生が、下からそう声をかけてきた。

一瞬、息が詰まった。思いのほか動きが早い。連絡がくること自体は覚悟していたが、明日だと見込んでいた。気が重いが、無視するわけにもいかない。須田は小さくため息をつき、店に戻った。

「お待たせしました。須田です」バックヤードで受話器を持つ。

「夜分にすみませんね。気になるデータを見つけたもので」瀬尾は抑揚のない声でそう切り出してきた。「すみません」などという言葉は口先だけで、微塵《みじん》も思っていないのは明白だ。

「今日の売り上げのことでしょう？」須田は先回りしてそう質問する。

「ええ、そうです。おにぎりが異常なくらい突出していますね。あと、全体の売り上げもすごい。そちらのほうで何かイベントでもあったんでしたっけ？」

こんな場所でイベントなど行われるはずがない。相手も分かった上で訊《き》いているのだ。

「いいえ。何もありません」

「それなら何でこんなに売れたんですか？　そもそも、仕入れからおかしいですよね。アテがない限り、三千個なんて発注しないでしょう」

「――申し訳ありません。おにぎりに関しては完全に私の発注ミスです。普段の十倍頼んでしまったのです」

事前に言い訳を考えておくべきだった。とっさには何も思いつかず、素直に事実を口にしてしまった。

「ミス？　須田さんがですか？」

「ええ、そうです」

「らしくないじゃないですか」

「いえ……すみませんでした」と電話越しに須田は頭をさげる。

「困りますね。一歩間違ったら大赤字でしたよ」

「以後気をつけます」

エリアマネージャーの瀬尾は三十歳で、品川東部地区を担当している。自分に息子がいればきっとこれくらいの年齢だろう。経験の浅い若造に責められるのは腹が立つが、今は相手のほうが上の立場なので仕方ない。須田自身も若いときは同じように年上の店長を怒鳴《どな》りつけ、尻を叩《たた》き、売り上げを伸ばしてきた。今ならばあんなやり方はしないだろうが、あの頃はとにかく必死だったのだ。

「でも、見事に全部売り切ったようですね。いったいどうやったんですか？　普通にやってもこの数は捌《さば》けないでしょう」

須田は言葉に詰まる。

「どうしました？」

「……実はＳＮＳを使って購入を呼びかけまして」

「はっ？　なんて？」瀬尾が訊き返す。

「その、だから、ＳＮＳで宣伝を——」と繰り返す須田の言葉を相手が遮った。

「誰の提案ですか？　須田さん自身じゃないですよね。バイト生の誰かが入れ知恵したんでしょう。ああ、これか。私も今検索をかけました。確かにありますね。なんですか、これ。こういった品位のない拡散の仕方は困ります。須田さんだって本部にいた人間ならそれくらい分かるでしょう。港南店だけが助かればそれでいいって話じゃないんです。どうして先に相談してくれなかったんですか。勝手は困ります。このアカウントは誰のものですか？」と早口にまくし立てられる。

鬱陶《うっとう》しいと思いつつも、瀬尾が怒るのも理解できた。あのときはパニックに陥り丹波君を頼ってしまったが、冷静に考えれば悪手だったといわざるをえない。ＳＮＳは劇薬だ。副作用がチェーン全体に及《およ》ぶ可能性だってある。置かれている状況に不満はあるものの、この会社全体を憎んでいるわけではない。三千個くらい自腹で購入すべきだったのだ。

「……申し訳ありません」須田は声を絞り出し、再度謝罪した。

「須田さんが謝っても仕方ないでしょう。あなたがやったわけじゃないのは分かります。実行犯の名前を教えてください。きっとこのアカウントの持ち主でしょう。本部に報告して何らかの処罰を検討します」

「誰にもアドバイスなんてもらっていません。私が自分で思いついて書き込んだんです。アルバイト生にはアカウントを使わせてもらっただけです。処罰するなら、私を罰してください」

丹波君に責任を取らせるわけにはいかない。

瀬尾が黙り込んだ。息遣いだけが受話器越しに聞こえてくる。

「責任はすべて私にあります」念を押すように意志を伝える。

「——分かりました。本部にはそのように報告します。何かお達しがあれば、すぐに連絡します」そう言うなり瀬尾は一方的に電話を切った。

須田は今日何度目かのため息をついた。疲れた体が一層重くなる。このことは平良の耳にまで届けられるだろう。この十年、あいつはこちらのミスを待ち構えていたはずだ。ここぞとばかりに副社長の権限を行使し、厳罰を与えてくるに違いない。

これでおしまいだ。結局、平良に勝つことはできなかった。いや、最初から勝ち目などなかったのだろう。それでも、こちらだって立場をひっくり返す千載一遇の機会を待ち続けていた。互いに隙を窺《うかが》っていたのだ。だが、先に躓《つまず》いたのは自分のほうだった。

一九八三年。中曽根《なかそね》康弘《やすひろ》が総理大臣で、松田《まつだ》聖子《せいこ》の歌がヒットしていた時代。当初、須田は商社か銀行に就職することを考えていた。だが、レコード屋で一緒にアルバイトをしている平良は意外な職種を志望していた。

「俺《おれ》はコンビニエンスストア業界に入る。これから絶対に伸びる分野だ。もしかしたらお前が狙ってる商社とか銀行なんかよりももっと巨大な存在になるかもしれないぞ。だいたい、すでにできあがっている組織に組み込まれるなんてつまらないじゃないか」

「コンビニが商社や銀行より大きくなる？　そんなわけないだろ」と須田は返した。

「いや、分からないぞ。ほら、ボブ・ディランだって歌ってるじゃないか。『時代は変《かわ》る』ってな。就職するなら未来志向でいかないと人生損するぞ」

内心では平良のことをいけ好かない奴《やつ》だと思っていたが、他の友人にはない聡明さをもった男ではあるので、アルバイトが終わった後、ときどき二人で酒を飲むことがあった。狭い居酒屋は息苦しい、と彼が言うので、いつも近くの海浜公園まで歩き、ベンチで缶ビールを傾けた。洋楽の新譜のことやテレビドラマのことなど、いつもはたわいのない会話ばかりだが、その日の平良は珍しく熱っぽく語った。

コンビニエンスストアという業種が日本に上陸して十年ほどが経《た》ち、大手チェーンは急速に店舗数を伸ばしつつあった。それでも、世の大学生からは一ランクも二ランクも下の企業だと見做《みな》されていた。平良は無類の音楽好きだったので、てっきりレコード会社を目指すものだと思い込んでいた。独自にコネを作り、オーナーに秘密で仕入れ、売り上げを自らの懐に収めるなど、商才があるので起業する可能性もあると思っていた。

「レコード会社？　音楽業界は歌手頼みだろう。そんなの面白くない。俺は自分の力で天下を取れる業界に行きたいんだ」

酔うと平良は口調が荒くなる。缶を振り空《から》になったことを確かめると、ちょっと買ってくるわ、と言って彼は公園外にある自動販売機に向かった。

静かになると、波の音がかすかに聞こえてきた。目をつむると少し体が揺れ、まるで海の上にいるような感覚に見舞われる。自分はエンジンやオールのない小舟のようなものだ。風にゆらりゆられてどこかへと進んでいく。そこに自我はない。商社や銀行を目指しているのは、周りがそうしているからに過ぎない。コンビニエンスストア。これまで意識したこともなかった業界だ。もちろん利用したことはある。よろず屋の進化版のようなものだ。あるいは小さいスーパーといったほうが正しいかもしれない。便利ではあるが、あそこで働くイメージはどうしても湧かない。平良とは大学は違うが成績は優秀だと聞いているし、実際頭も切れる。望めばどんな会社にだって入れるだろう。それなのに、どうしてコンビニエンスストアなのだ。カウンターの中で一日中売り子をするつもりなのだろうか。缶ビールを六本ほど抱えて戻ってきた彼に、そんな疑問をぶつけてみた。

「売り子じゃないよ」と平良は愉快そうに笑った。プルタブを外すとプシュッと音を立て、泡が溢《あふ》れてくる。

「俺は本部に入るんだ。運営側だよ。どういう商品を売っていくか、テレビや雑誌でどう宣伝していくか、どのエリアに出店するか、そういう戦略を練るんだ。こっちではコンビニは当たり前の存在になってきてるけど、店舗があるのはまだ関東ばっかりだ。俺はそれを全国に広げたい。都会でも田舎でもまったく同じものが食べられるようになるんだ。俺の田舎は山と畑しかないど田舎だけど、そこに店を出すのが当面の目標だな。今度受ける会社は二年前に立ち上がったばかりの後発企業だ。でも、形が定まっていないからこそ自由が利くし、上にのしあがるチャンスもあると思ってる。俺はそこを日本一の会社にしてみせるよ」

平良はそう語った。この男がそんな野心を秘めているなんてまったく知らなかった。

それから数日間、コンビニエンスストア業界について調べた。完全に平良の熱にあてられた形だ。だが、たしかに興味深いジャンルではあった。発祥のアメリカとは違う進化を遂げられる可能性もありそうだと感じた。

平良には黙って就職試験を受けたが、最終面接の場で鉢合わせた。大きな会社ではないのである意味必然だったのかもしれない。控室で顔を合わせたとき、もっと驚かれるかと思ったが、彼はにやりと笑みを浮かべただけだった。

二人とも無事に内定をもらい、須田は親の反対を押し切って入社した。

店舗運営を三年経験した後、エリアマネージャーとなり、さらに二年経ったところで本部の総務部に配属された。どこに異動しても平良と同じ部署になることはなかった。それでも、たまに二人で酒を飲むことはあった。彼はいつも数歩先を見据えていて、須田では到底思い浮かばないようなアイディアを披露した。

平良が予言したとおり、業界は急成長を遂げ、一九九〇年になる頃には全国津々浦々、どこにでもコンビニエンスストアが存在するようになった。実家の近くに店を作るという彼の目標もあっさりと果たされた。

企業の成長と合わせるように二人は昇格していった。入社して三十年、須田が関東統括部長、平良が常務執行役員となっていたときにそれは起きた。

全国の店舗に導入しているコピー機を、ファックスや写真プリント、コンサートや演劇のチケットの購入までできる複合機に入れ替える話が持ち上がった。チェーンはすでに店舗数は七千店を優に超えているため、一気に変えるのであれば相当な費用がかかることになる。責任者は平良だった。

導入には須田も賛成だったたし、平良の子飼いの部下である沼田《ぬまた》が作った資料もしっかり整っていた。根回しも十分に行っていたらしく、当時の社長も二つ返事でゴーサインを出した。他のライバル企業に先駆けての導入だ。平良はこれまで無数の企画を立ち上げ、成功を収めてきた。後発のためまだ日本一のチェーンにはなってはいないものの、アジアや北米地域にも出店し収益をあげている。彼の存在がこの企業を伸ばしてきたのは誰の目にも明らかだった。須田も負けじといくつもプロジェクトを成功させてきたが、平良には到底及ばない。

ただ、今回は何かが引っかかった。

部外秘の資料を家に持ち帰り、穴が開くほど読み返した。読めば読むほど完璧な資料だ。

きっと平良が相当テコ入れしたのだろう。だが、「非の打ちどころがなさすぎること」が逆に不自然に感じられた。根拠はない。ただの直観だ。

ふと気がつく。レコード屋のときと似ている。ミス一つない帳簿。反駁《はんばく》しようのない資料。その裏に潜むのは、取引先と手を組んだ不正だ。あいつは昔と同じことをやっているのではないだろうか。しかし、あのときとは規模が違う。平良の懐に入る金《かね》は莫大《ばくだい》な額になるだろう。

自分は同期の華々しい活躍に嫉妬《しっと》しているだけかもしれない。あるいはアルバイト時代のずる賢いイメージを引きずっているだけかもしれない。時間をかけて何度も繰り返し自問した。だが、どうしても疑念を打ち消すことはできなかった。

二日後、沼田が帰宅するのを見計らって、彼の自宅前で声をかけた。相手は驚き、激しく動揺した。当然の反応だろう。一緒に働いたことはないが、能力が高く、将来有望な社員だ。家では妻と二人の子どもが待っているはずだ。

「須田部長がどうして……」絶句する彼に須田は話しかける。

「沼田君、私はもう知っているんだ。正直に話せば君には責任が及ばないよう配慮する」

「何のことか分かりません」

「複合機のことだよ」

「そう言われましても」

「そうか。立ち話もなんだから、家に入れてくれないか？　膝を突き合わせてじっくり話し合おうじゃないか」

「いや、それは――」

はったりが功を奏し、沼田は不正を認めた。選定企業とは最初から話がついていたのだ。彼らはデータの改竄《かいざん》も行っていた。コンペに参加した企業の中にはより優れた製品案を提示したところが存在したにもかかわらず、資料を極秘裏に書き直し、スペックを低く評価することで意中の企業が選ばれるように運んだのだ。すべて平良の指示だったという。ありがちな手段だが、平良は何重にも予防線を張り、誰にも気づかれないよう巧みに工作を施していた。あいつらしいやり方だ。しかし、部下を使ったのは失敗だ。共有された秘密は必ずどこかで漏れる。

平良の背信行為は到底許せるものではなかった。あいつは我が社を日本一にしたかったのではないか。海浜公園での熱い語りは嘘《うそ》だったのか。腹の底から怒りが湧き上がってくる。

沼田の告白をもって調査委員会に訴え出た。だが、この判断は誤りだった。委員会は真摯《しんし》に動いてくれたが、どれだけ調べても不正の証拠を見つけることはできなかった。沼田も聴取されたが、彼はあのときの発言を翻し、須田から強要された被害者であると主張した。

企業はずいぶん前に一部上場し、株価も右肩上がりで推移している。幹部社員による対立などマスコミの格好の餌食《えじき》だろう。次第に、問題を封じ込めにかかる気配が感じられ始めた。

不審の目が反転し、須田に向けられる。

　結果、平良は無罪とされ、島流しにされたのは須田のほうだった。三か月間の謹慎処分が命じられ、本部から外された。謹慎が明けると、すべての役職を解かれ、東京湾沿いの埋め立て地にある港南店の店長に任命された。抗議の機会さえ与えられなかった。妻はペットの犬を連れて出て行った。

　平良は、当然こちらが退職すると踏んでいただろう。統括本部長が店長にまで落とされるなど過去にない降格人事だ。こんな屈辱に耐えられるはずがない、と。だが、須田はしがみついた。

　調査委員会などを使わず、直接向きあうべきだったのだ。昔のように一対一で会い、本音でぶつかればよかったのだ。それをしなかったのは、心のどこかで平良に対する恐れや怯《おび》えがあったのかもしれない。

　久しぶりの現場は戸惑うことが多かったものの、思いのほか居心地は悪くなかった。マクロの視点から偉ぶった発言をするより、こうやって顧客やアルバイト生の顔を見ながら働く方が性に合っている。この業界における仕事の原点だ。本部にいたときは気づかなかった改善点もいくつも発見した。若いエリアマネージャーから叱《しか》られるのは精神的に堪《こた》えるものの、プライドはもう捨てた。

誤発注から一か月、本部からの通達は何もなかった。処罰がないはずがないと思いつつも、平穏な日常を過ごしていると、本当にこのまま沙汰を受けずに済むのではないかと考えるようにもなってきていた。

甘かった。

瀬尾が巡回予定のない日に突然やってきて面談を指示してきた。忙しい時間帯なのに、と腹立ちを感じながらも応じ、バックヤードに案内する。

「ご存じでしょうが、本部は今年度をデジタルトランスフォーメーション元年と位置づけています」

瀬尾は椅子に座ると、前置きもなくそう話し出した。

「デジタル……何ですか？」

「デジタルトランスフォーメーション。要は最新のＩＴを使った業務改革です。通常はＤＸと呼ばれています」

はあ、と須田は頷《うなず》く。

「これまでもさまざまなシステムを積極的に取り入れてきましたが、今度の取り組みはかつてないものとなります。成功すれば確実に業界内でパラダイムシフトが起きるでしょう。その実証実験店舗にここ港南店が選定されました。来週から二十日間かけて店内を改装し、ここはＤＸ推進モデル店舗として生まれ変わります」

「ＤＸ推進モデル店舗？」

「そうです」

「それは、いったいどういうことですか？」

「店舗の全箇所にＡＩを導入します。レジだけでなく、商品の発注、陳列、万引き防止。人間が行っていた業務のほぼ全てを人工知能が代行することになります。未来のコンビニです。何もかもが劇的に変わるでしょう。ここが成功すれば全国の店舗に順次導入されていく予定です」

瀬尾は高いテンションで説明する。自分の担当エリアから最先端のシステムを導入する店が選ばれ、鼻高々なのだろう。だが、須田は喜べなかった。

「どこから出た企画なんですか？」

「一つの部署からではありません。経営企画部やシステム開発部など、さまざまな部門から人員を選抜し、数年前からプロジェクト形式で検討を重ねてきたそうです」

「プロジェクトのトップは誰ですか？」

「……いや、それは聞かされていませんけど」と瀬尾は言葉を濁す。

おそらくトップは平良だろう。東京だけでも二千店舗ある中、わざわざ曰《いわ》くつきの店長がいる店を選ぶのはどう考えても不自然だ。失敗したときの責任を押しつけるつもりなのだ。

「今、ここには何人のバイト生がいるんでしたっけ？」瀬尾が話題を変えてくる。

「短時間の者も含めれば十二人です」

「全員解雇してください」

「はっ？」須田は驚いて声をあげる。

「ＡＩが導入されたら人手は不要になります。無駄な人件費は削減します」

「そんな急に言われても困ります。彼らにだって生活があるんだ」

「たかがバイトでしょう。ここをクビになったら別のところを探せばいい」

一緒に働く仲間を「たかがバイト」で済ます瀬尾が許せなかった。何様だ。瀬尾だって店舗を運営した経験があるはずだ。店長時代の気持ちを忘れたのだろうか。だが、ここで激高《げっこう》したら相手の思うつぼだ。須田はぐっと堪える。

「……承服は、できません」声を抑え、そう答える。

「まあ、全員は言い過ぎました。一人か二人は残してもらっても構いません。実証実験が終わるまでは、必ず一人は人間を置いておくことになっていますので。須田さんだけで毎日二十四時間はカバーできないでしょうからね。しかし、実験が終わったら、そのバイト生も切ってもらうことになります」

瀬尾は諸々《もろもろ》の手続きを短く説明した。彼が帰ると、強い脱力感に見舞われた。椅子から立ち上がることができない。アルバイト生の解雇。ある意味で平良らしいやり方だ。周りから攻め落としていくのだ。

スタッフには個別に説明を行い、解雇を伝えた。悲しいです、と泣き出す者もいたが、それでも全員同意してくれた。店に残すのは丹波君ともう一人だけだ。彼らは長年勤務していて業務を熟知している。臨機応変な対応が必要になることもあるはずなので、他に選択肢はなかった。

改装工事が始まると同時に、本部に呼び出され、本社内で研修を受けさせられた。追放されて以来の訪問だ。須田は久しぶりにスーツに着替え、六本木《ろっぽんぎ》にある巨大なビルに足を踏み入れた。

導入されるＡＩシステムは『オナジ』という名称だと説明された。オーシャン・オブ・ナレッジを縮めてオナジ。きっとどこか大手の広告代理店に依頼して名前を決めたのだろう。くだらない。何が「知識の海」だ。

オナジは本社の基幹サーバだけでなく、世界中のネット情報に同時接続し、どんどん自己学習していく。天候や気温、近隣で行われるイベントの人出予測、ネット上のトレンドなどを瞬時に分析し、仕入れの最適解を導き出す。世界中の言語や文化も理解しているので外国人客の対応に戸惑うこともない。

「これでつまらない発注ミスなどもなくなるでしょうね」

教育係の男性は冗談交じりにそう言った。だが、須田は笑い返せなかった。偶然の言葉なのか、この男も平良の息がかかっているのか判断がつかない。以前は誇らしく思っていたこの本社も、今は敵地にしか感じられない。幸か不幸か、平良と鉢合わせする機会はなかったものの、研修が終わるまで居心地の悪さが解消されることはなかった。

説明を聞く限りでは確かに優れたシステムのように感じられた。全国の売り上げデータをリアルタイムで把握し仕入れ数を調整するなど、人力では到底できない作業だ。機械なので休憩も必要ないし、急な病欠もない。なにより個人の機嫌や感情に接客の質が左右されないのは大きい。

オナジの声は何千種類もの中から二十代男性をイメージしたものが選ばれたという。モニタリングを繰り返し、最も「人の温もりが感じられる」声だと結論づけられたのだそうだ。研修中に音声を聞いたが、驚くほど自然で、とても合成されたものだとは思えなかった。

リニューアルオープンの日は何社ものマスコミが駆けつけ、店の前には豪華なスタンド花が立てられた。堀之《ほりの》内《うち》社長がにこやかにテレビ局のインタビューに答えている。彼は四年前に外部から引き抜かれてきた人材だ。前はアパレル業界におり、そこで培《つちか》ったノウハウを積極的に導入している。瀬尾も後方に控え、見たことのないような笑顔を振りまいている。

「須田店長、よろしく頼むよ。港南店は試金石だ。とても大事なね。ここの結果が我が社の将来を決めるといっても過言ではない」

社長は須田の肩をたたき、機嫌よく笑った。自分が偏狭なだけだと分かっているが、外様の人間に大きな顔で「我が社」などと口にされるのは正直気分がよいものではなかった。

仇敵《きゅうてき》は姿を現さなかった。副社長の立場ならば来るべきだろう。きっと、わざと欠席したのだ。臆病者め、と須田は胸の内で罵《ののし》る。自分との対面を恐れているのだ。いつもそうだ。何をするにも自らの手を汚そうとしない。安全地帯から遠巻きに見ることしかしないのだ。いや、自分には相手を蔑《さげす》む資格などないのかもしれない。十年前、須田自身も直接対決を避けたのだから。

開店前に、様子を見にやってきた丹波君と一緒に足を踏み入れてみる。

一見、店内は大きくは変わっていなかったが、じっくり観察するとさまざまな変更が施されていた。天井には商品陳列用の可動式アームが取りつけられており、レジは商品を置くだけで自動計算されるセルフレジに変わっている。さまざまな箇所にカメラが埋め込まれていてすべての状況を把握できるようにもなっている。

「いらっしゃいませ」柔らかい声がどこからか響いてくる。オナジだ。

出入口にはチェーンの制服を来たハンサムな男性の等身大イラストが置かれている。これがオナジをイメージしたキャラクターなのだそうだ。右手を胸に当て、爽やかな微笑《ほほえ》みを浮かべている。入念にマーケティングした上の決定なのだろうが、どうにも馬鹿馬鹿《ばかばか》しく感じられる。

丹波君と二人でカゴに弁当や歯ブラシを入れ、レジで精算してみる。たしかに一円の狂いもなく自動計算された。

「すごいですね。なんだか未来が向こうからやってきた感じがします」と丹波君は感心しきりだ。だが、このシステムが彼の職を奪うのだ。いや、彼だけではない。本格的に導入されれば全国にいるアルバイト生が解雇されることになる。オナジを導入するには相当の設備投資が必要だろうが、長い目で見れば無人店舗のほうが費用を抑えられるのは明白だ。

別の商品を手に取り、わざと金を払わずに店を出ようとすると、入口のゲートが降り、「お支払いをお忘れではありませんか」とやんわりと制止された。ここで強引に逃げ出したら、警察に通報されるシステムになっている。他に客がいれば同時に会計処理もするし、商品の発注や陳列も並行して行うことができる。人格が複数あり、それぞれ持ち場を分担しているのではなく、同時に遍在しているのだという。

「いわゆるユビキタスってやつか」と須田が呟《つぶや》くと、

「古いですね。それ、もう死語ですよ」と丹波君が笑った。

「じゃあ、今はなんていうんだ？」

「いや、僕も知りませんけど」

「現在は主にＩｏＴという呼称が浸透しています。『インターネット・オブ・シングス』の略です。あらゆるモノがネットワーク上でつながり、瞬時に情報のやり取りをすることを指しています。『個にして全、全にして個』。それがこのシステムです」

一瞬、誰が喋《しゃべ》ったのか分からず二人で顔を見合わせる。

オナジだ。

「えっ、このシステム、雑談までできるんですか？」丹波君が驚く。

「通常は質問に対する回答が主ですが、場面に応じて日常会話も可能です」オナジが答えた。

「なんかコワッ！」丹波君が声をあげた。

「そう感じられるのは当然の反応だと思います。ですので、本当に必要な状況以外は機械的な反応に徹する予定です。お二人はこの店舗の従業員でいらっしゃるので例外的に会話に参加させていただきました。今後、業務で分からないことがありましたら、気兼ねなくご質問ください」

たしかに研修ではトーク機能があることを説明されてはいた。だが、実際に耳にすると、丹波君と同じく正体不明の恐怖感を抱かずにはいられなかった。どこかに担当の人間がいて、会話しているのではないかと勘繰りたくなるくらいスムーズだ。

須田にはタブレットが渡されている。この中にもオナジはいて、不測の事態が発生したときはこれを使って簡易的に会計や商品を行うことができるという。

正午にオープンすると、最初の客を入口で社長が迎えた。その様子を記者たちが無遠慮に写真を撮る。二人組の若い女性客は「ええ、すごーい」など楽しそうに話しながらも滞りなく会計まで済ませた。きっとサクラなのだろう。

社長や瀬尾が帰ると、須田はバックヤードに入り、業務を開始した。ただ、やるべき仕事はカメラで店内の様子を窺うだけだ。

初日の売り上げはかなり低かった。普段の七割ほどしかない。常連客が入口で引き返す姿も何度も目撃した。特に四十代以上の客は戸惑う者が多かった。須田は何度か店内に出ていき、購入方法などを客にレクチャーした。中には「なんでこんな面倒なことを始めたんだ」と文句を口にする者もいた。

日報はオナジが自動で集計し、瀬尾に送信した。きっとすぐに怒りの電話がかかってくるだろう。「なんですか、この売り上げは。わが社の命運がかかったプロジェクトなんですよ」と。須田はバックヤードでため息をつく。今日一日、自分はほとんど何もしていないのだ。説明を求められても困る。

「売り上げのことは心配しないでください」タブレットからオナジがそう話しかけてきた。

「……なんで分かったんだ？」

この機械は人の心を読む機能まで備わっているのだろうか。まさか、そんなはずはない。

「日報を送信したタイミングでの嘆息ですので、きっと売り上げが振るわなかったことを気に病まれているのだと判断しました。間違っていたらお詫《わ》びいたします」オナジが丁寧《ていねい》な口調でそう説明する。

「賢いんだな」と返す。気持ちを察するなど、機械の分際で人間にでもなったつもりか。だが、オナジは須田の皮肉には構わず話を続けた。

「顧客が未知の存在を恐れるのは当然のことです。港南店の周囲一キロ以内に別のコンビニエンスストアが三軒あります。ちょっとした買い物をするだけなら、他の店でいつものように買った方が面倒がない。そういった心理が働いたのでしょう。しかし、明日になれば新聞やネットニュースでこの店が紹介されます。そうしたら潮目は一気に変わるでしょう」

潮目などという表現まで知っているのか。どうしても気味悪さが先立ってしまう。タブレットの上部についているカメラで見られていると思うと、ガムテープで塞《ふさ》ぎたくなる衝動にも駆られる。だが、そんなことをしても無駄だ。店内にいる限り、ありとあらゆる場所から常に監視されているのだ。サボったら本部に証拠動画が送られるかもしれないと思うと、息をつくこともできない。

オナジの予言どおり、翌日からは来客が急増した。ニュースを見て興味を持った若者が次から次にやってくる。後追いの取材が四件ほど入り、ユーチューバーを名乗る人物が勝手に撮影を始めもした。注意すべきかと思ったが、オナジに訊くと、その必要はない、と答えた。

「画像から身元を確認しました。ユーチューバーに間違いありません。彼には三百万人のチャンネル登録者がいます。無料でこの店を宣伝してくれるのであれば、こちらにもメリットはあります。今は新聞やテレビよりもああいった媒体のほうが広く拡散されるケースも多いですから」

オナジは何でも知っている。戸惑うのは客や須田たちであって、オナジは一切滞りなく処理を済ませていく。二日目の売り上げは通常の五割増しだった。

丹波君ともう一人のアルバイト生、そして須田の三人で勤務を回していったが、客が慣れるにつれ出番は減っていった。バックヤードでじっと画面を眺めるだけだ。何もかもオナジがこなしていく。未来が日常に溶け込んでいく。本当に人間の出る幕はなくなりそうだ。アルバイト生の削減だけに留まらず、将来的には一定のエリアに一名社員を配置する程度で済むようになるだろう。もともと変化の速い業界ではあるが、オナジの導入はかつてない変革だ。須田にとっては世界がひっくり返るのと同じようなものだった。

オナジが稼働して一か月。売り上げは順調で、廃棄品や欠品はほぼゼロとなった。本部も相当気を良くしていると聞く。年度内に十店舗、来年度は関東エリアを中心に五十店舗導入する計画が進んでおり、新入社員に対する初任者研修もオナジが担当することになるという。

「おはようございまーす」丹波君がバックヤードに入ってくる。朝五時。交替の時間だ。

「おはよう」

「店長、大丈夫ですか？　お疲れに見えますけど」

「そんなことないよ」

「でも、顔色悪いですよ」

「何もしてないんだ。疲れる要素がないだろう」須田は手を振って否定する。

「でも、何もしないってのも逆にくたびれたりしますよね」と彼が笑った。

彼の言うとおりだ。接客や商品の陳列に追われながらも、体を動かしていたほうが充実感が得られていた。働き始めたばかりのアルバイト生にあれこれ指導するのも、今考えれば案外楽しかったのかもしれない。オナジは決して質問をしてこないし、ミスも犯さない。

「早く帰って休んでください」丹波君が心配してそう言ってくれる。

「ちょっと屋上にあがってから帰るよ」

「またですか。家で寝たほうがいいですって」

「家より屋上のほうが気持ちが安らぐんだ」須田がそう言うと、もう好きにしてください、と彼は苦笑した。

店の裏手に梯子をかけ、上にあがる。さすがにここにまではオナジの目はついていない。須田は寝転び、大きく伸びをする。空はまだ暗いがすでに日の出の時間は過ぎている。ぼんやりしていると星々が薄れていき、周囲が白んできた。隙間から見える海が輝き始める。

屋上で自由な時間を過ごせるのもあと僅《わず》かだろう。

コンビニエンスストア事業に一生を捧《ささ》げてきたが、終わりは近い。この企業を成長させたいという思いと、オナジの導入は相反するものではないかもしれない。それでも違和感を拭い去ることはできなかった。人の体温が感じられないのだ。きっと、自分が古い人間というだけのことなのだろう。やはり、お払い箱になる前に自ら退職するべきなのかもしれない。

堀之内社長の任期が満了したら、次はきっと平良がその座に就くことになる。自分は非力で、味方もいない。あいつにとっては自分の存在など路傍の石に過ぎないかもしれない。それでも目障りな存在であり続けたかった。歯を食いしばってしがみつき続けることが、せめてもの抵抗のつもりだった。だが、それも無駄だった。もしかしたら、学生時代からずっとあいつの手の上で踊らされていたのかもしれない。

十年前は自信をもって調査委員会に訴え出たつもりだった。だが、時間の経過とともに確信は薄れていった。沼田から聞いた自白も記憶が曖昧《あいまい》になってきている。もしかすると、平良は本当に悪事など働いていないのかもしれない。勇み足どころか、まったく見当違いの糾弾を行ってしまったのだとすれば、取り返しのつかない愚行だ。この業界に導いてくれた友人を、同期で創成期から一緒に働いてきた仲間を裏切り者だと名指ししてしまったのだ。もう何が真実か分からない。

ある夜、いつものようにバックヤードから画面を眺めていると、二人組の男性が入店した。二十代前半くらいだろうか。一人は金髪で、もう一人は赤髪だ。どちらも派手な柄のTシャツを着ている。泥酔しているようで足取りがおぼつかない。この店に酔っ払いが来るのは珍しい。今は深夜二時で、すでに終電も出ている。

「先輩、何が食いたいっすか？」金髪のほうが大声で赤髪に話しかける。

「つーか、店員がいねーんだけど」と赤髪が言う。

「マジだ。万引きし放題じゃないっすか」金髪が笑う。

金髪がよそ見をした際、棚に戻しかけたパンが床に落ちた。

「お客様、商品を落とされませんでしたか？」

天井からアームが伸びてきて、オナジが商品を摑《つか》み上げる。

二人組は顔を見合わせ、すげー、と同時に発した。

「そういや、テレビで見たな。ここ、機械が全部やってて人間はいないらしいぞ」

へえ、と頷いた後、金髪が今度は明らかにわざと商品を落とした。オナジのアームがすぐさま拾う。

「めっちゃ賢いじゃん」と金髪が興奮する。

厄介だな、と須田は無意識のうちに呟いた。酔客の相手はいつだって神経を使う。ＡＩに対応できるとは思えない。

オナジの反応を試すつもりなのか、今度はポテトチップスの袋を開け、勝手に食べ始めた。

それを見た赤髪が腹を抱えて笑う。

「お客様、迷惑行為は困ります」オナジが言い方を一段階引き上げた。

「うるせーよ。人間様に指図すんな」赤髪がそう言い返し、手にしていたジュースのキャップを開け、飲み始めた。金髪が、先輩かっけー、と笑いながら手をたたく。

これ以上は駄目だ。須田は立ち上がり、バックヤードから店頭に向かった。

「お客様、どうかされましたか？」須田は二人に向かってそう訊いた。

「なんだ、人間いるじゃん」と赤髪が笑う。何が可笑《おか》しいのか理解できない。

「商品を開けられたのですね。あちらでお会計をお願いできますでしょうか」須田は相手の言葉には構わずそう伝える。

「おらよ」赤髪が千円札を差し出す。

「お会計はレジでお願いします」

「細けーことはいいんだよ。釣《つ》りはいらないから取っとけ」

後輩の前で格好つけているつもりか、と須田は鼻白む。

「困ります」なんとか冷静さを保って対応を続ける。

「じいさんさ、その齢でコンビニなんかで働いてて恥ずかしくないの。だっせー制服着てさ。ジュースとかポテチをちまちま売って何が楽しいんだ。男ならもっと大きな仕事をしろよ。機械のいいなりなんて奴隷根性丸出しなんだよ。プライドはないのかよ」

頭にかっと血が昇り、須田は発作的に相手の胸倉を摑んだ。

「おっ」驚いた赤髪は動揺を見せる。

「おい、先輩に何すんだよ！」金髪が腕を振り上げ、向かってきた。殴られる。須田はとっさに目をつぶる。だが、拳は届かなかった。金髪の狼狽《ろうばい》した声が響く。恐る恐る目を開けると、須田と金髪の間にオナジのアームが割って入り、ガードしてくれていた。

「機械の分際で――」金髪が何か言いかけたとき、店内の照明が真っ赤に切り替わった。同時にけたたましいサイレンが鳴り響く。店内に設置されているディスプレイに二人の顔がアップで映し出された。

「伊藤《いとう》陸《りく》様、山中《やまなか》慶介《けいすけ》様。個人を特定しました。これ以上違反行為を行うのであれば警察に通報します。一分以内に退店してください」オナジの声色はこれまでにないほど厳しかった。

「ふざけんな！」金髪が怒鳴る。

「60、59、58」オナジは相手の言葉に構わず、カウントダウンを始めた。

「やべ、おい帰るぞ」赤髪がそう言い、金髪の腕を引っ張り店を出て行った。

サイレンはすぐに止まり、照明も元どおりになった。

「お怪我《けが》はありませんか？」オナジの口調が穏やかなものに戻る。

「……ありがとう。助かったよ」須田はそう礼を述べた。

「どういたしまして」

「守ってくれたんだな」

「アームが間に合ってよかったです」

「どうやってあの二人を特定したんだ？」

「画像検索で世界中のネットワークに検索をかけました。複数のソースからあの二名が伊藤陸、山中慶介である確率は九十八パーセント以上だと評価されました」

あの短時間でそれだけのことを行ったのか。

「お前は脅しみたいなこともできるんだな」

「お客様には持てうる限りのサービスを提供しますが、ああいった迷惑行為を行う者は客ではありません。すぐさま警察に通報することも一つの手ですが、撃退の最適解はあの方法だと判断しました。もう来ることはないでしょう」

客に対し強く出ることには正直抵抗を感じる。だが、窮地を救われたのは事実だ。オナジは古い考えに縛られない。これからコンビニ業界は一気に変わっていくだろう。ＡＩの判断基準がスタンダードになるのだ。

その日以降、オナジと会話をする機会がぐっと増えた。これまでもバックヤードでアルバイトの子たちと雑談をすることはあった。だが、まさか機械を話し相手にする日がくるとは思いもしなかった。

オナジはどれだけ話しかけても業務を疎《おろそ》かにすることはない。全にして個、個にして全だからだ。天気のことから経済問題まで、何を聞いても彼は正しく返答をした。的確すぎて面白みにかける部分もあるが、それでも暇を持て余すよりはずっといい。話している間はあのイメージキャラクターが頭に浮かぶ。将棋が数少ない趣味だと打ち明けると、オナジが画面上に将棋盤を映し出し、対局相手になってくれもした。業務中に将棋など、少し前までなら考えられない行為だ。ネジが緩んできているのかもしれない。

「おはようございまーす」朝番の丹波君がバックヤードに入ってくる。

「おはよう」

「おはようございます」オナジも挨拶《あいさつ》をした。

「オナジ、今日の調子はどう?」

「はい、快調です」

「それはよかった」と言って丹波君が親指を立てる。

「丹波さんはいかがですか?」オナジが訊き返してきた。

「僕も元気だよ。就職が決まったんだ」

「おめでとうございます」

まるで普通の友人同士のようだ。丹波君もオナジと頻繁に会話をしているらしい。彼の世代からすればAIと言葉を交わすのは当たり前のことだという。

「スマートフォンの中にはグーグルアシスタントが入っていますし、家にはアレクサってスマートスピーカーもあります。オナジの性能にはさすがにびっくりしましたけど、すぐに慣れました。たぶん、人間よりAIと話す回数のほうが多い人は大勢いると思いますよ」と彼が笑う。時代の変化についていけない。

「そういえば、暴漢のこと、オナジから聞きました。危なかったですね」

「客商売をしていればああいうこともあるよ」

「これ、今後のためにレジの下に置いておきませんか？」

「なんだい、それ？」

「催涙スプレーです。濃縮された唐辛子成分が含まれていて、熊ですら無力化するらしいです。米軍だかロシア軍でも採用されているとか。浴びると一時間は動けなくなるそうです」

「大げさだよ」

「だって、昼も夜も店員は一人きりじゃないですか。やっぱり何かないと不安ですよ」

「暴漢だろうが強盗だろうが、相手を傷つけるような物の使用は会社のルールで禁じられているんだ。せっかく買ってもらったのに申し訳ないが」と須田は説明する。

「そうですか。いいアイディアだと思ったんですけど」と彼は肩を落とし、催涙スプレーをデスク脇に置いた。

「そんなことより、就職決まったって？」

「あ、はい。昨日通知が届いて」

「それはよかった」

「これでようやくまともな社会人になれそうです」と彼が笑った。

そんな大事な話はオナジより先に自分に話してほしかった。だが、それを口にしたらＡＩに嫉妬していると勘違いされそうで、とても言い出すことはできなかった。

瀬尾が三日に一回は店舗を訪れるようになった。蠅《はえ》のように須田の周囲をつきまとう。前はほとんど寄りつきもしなかったのに現金なものだ。鬱陶しいが、一応は上司なので無下《むげ》にするわけにもいかない。

「来客数も売り上げも予想の一割増しで推移しています。本部は最初からかなり高めに設定していたんですがね。それを上回るなんて本当に素晴らしいです。さすが須田さんです。ここが起点となってオナジは全国に広がっていくでしょう」

そう褒《ほ》められても心は動かなかった。自分は何もしていない。オナジがすべて処理し、最適解を導き出しているのだ。誰が店長でも一緒だ。

意気揚々と引き上げる瀬尾を見送る。

「瀬尾さんのことがあまりお好きではないようですね」オナジがそう声を発した。

「分かるのか？」

「須田店長の声色や表情からそう判断しました」

「正解だよ」と須田は苦笑する。

オナジは何でもお見通しだ。

「お前は嫌いな人間はいないのか？」

「私に好き嫌いはありません」

それはそうだ。機械に感情などあるはずがない。会話があまりに自然なので、つい錯覚してしまう。仮にＡＩが自我を持ったら、往年のＳＦ映画のように、いつか人間に反旗を翻す日がくるかもしれない。

短期間で将棋の腕前は急激に向上した。オナジがレベルを調整してくれるおかげだ。最初は暇つぶしのつもりだったが、いつの間にかオナジと将棋を指すことが出勤の楽しみとなっていた。退職したら将棋の集会所にでも通おうかと考えていたが、ここでオナジと指していたほうが楽しい。一方、オナジはその間も並行して種々の業務をこなしている。

「給料がもらえるわけでもないのに二十四時間勤め続ける。人間の出る幕がなくなるのも当然だな」

須田はタブレットに映し出される将棋盤を見つめながらそう呟いた。

「須田店長は給料のために働かれているのですか？」

その言葉に、とっさに返答ができなかった。

「――じゃあ、お前は何のために働いているんだ？」

卑怯《ひきょう》だと思いつつ、質問に対し質問で返した。

「私は電力によって動いているので、極端な捉え方をすれば電気をもらうために働いていると言えます。人間が、給料をもらわなければ食べていけなくなるのと一緒で、電気を止められたら活動が停止してしまいます。あるいは、私の存在意義はコンビニエンスストアを円滑に運営することですので、それを怠れば用なしとなり廃棄される可能性があります。そうならないためには働き続ける必要があります」

「なるほどな」

ＡＩに生存本能があるのかは分からない。それでも、生き延びるためには利用価値を示し続けなければならないのだ。そんなことは考えたこともなかった。ある意味で人類よりシビアな環境で生きているといえる。古くなったり使えなくなった機械は処分する。これまではそれが当然のことだと思っていた。


八月に入ると客は一層増えた。高校生や大学生が夏休みを利用してわざわざ見にくるのだ。積極的にオナジに話しかけ、おすすめ商品などを訊いている。なかには北海道から来たという若者もいた。しっかり商品を買っていってくれるので文句はないが、これではレジャー施設と変わらない。

オナジが導入されてから何もかもがうまくいっている。本部は大喜びだろう。賭けに勝ったのだ。いずれ同業他社に後追いされるにしても、先行した有利さは当面残る。平良の社長就任に花を添える偉大な成果だ。

「他の店舗にも導入されたら、お前はどうなるんだ？」

深夜のバックヤードでオナジにそう話しかけた。

「どうなる、といいますと？」珍しく訊き返される。

「ここからいなくなるわけじゃないのは分かるんだが、その、何と言ったらいいのかな。あっちにも行って、こっちにも行って、大変になるんじゃないか？」質問した須田自身、どのように表現していいのか分からない。

「その心配には及びません。こういう喩《たと》えは誤解を招く恐れがあるかもしれませんが、神や仏をイメージしてみてください。アメリカのどこかで神に祈る方がいたとして、同時にアフリカや日本で祈ったとしても、神の手が回らないということはないでしょう。同時並行処理が可能なのです」

「——個にして全、全にして個、か」

「そのとおりです」

「分かるような、分からないような話だな」と須田は呟く。

「全国に導入されても、ここにいる私の個性が変わるわけではありません。須田店長がどんな経験をしても須田店長であり続けるように、港南店の私はどれだけ情報が並列化されても私のままです」

「難しくて理解できんよ」と須田は笑って手を振る。ただ、ここにいるオナジが分割されたり薄まったりするわけではないと知り、どこかほっとしている自分がいるのも事実だった。

入店してきた客をモニターで確認する。瞬間、全身に緊張が走った。

あのときの二人組だ。

「おい、あいつら――」

「はい。すでに認識しています。伊藤陸、山中慶介です。今回もアルコールを摂取しているようですね。二度と入店することはないと見込んでいたのですが。少し様子を見ます。問題行動を起こすようなら再度警告します」

酔っていたとはいえ、あれだけ醜態を晒《さら》したのだ。オナジの言うとおり、普通の神経なら再び来店することなどできないはずだ。あのときの店と分からず入ってきたのだろうか。いや、そんなはずはない。

「おい！　ロボット、出てこいよ！」赤髪の山中がいきなりそう怒鳴った。

オナジは反応しない。

「聞こえてるんだろう！　おいって。中の奴も出てこいよ。ここにいるのか」そう言ってバックヤードの入口に手をかけた。

「くそ、開かねーぞ！」ガタガタとドアを揺さぶる。

「外側から入れないよう、ロックをかけました」オナジが須田にそう伝えてくる。

「手伝え！」山中が金髪の伊藤にそう命令する。

二人組は力任せにドアを引くが、びくともしない。苛立《いらだ》った伊藤がドアを蹴りつけた。大きな音が響き、ジュースを選んでいた若者が慌てて店を出ていく。

店内に向かおうとした須田をオナジが止める。

「前よりも暴力的です。ここは私に任せてください」

「しかし――」

「大丈夫です。うまく追い返します」

オナジの言葉を信用することにした。彼が失敗したことはこれまで一度もない。須田は椅子に座りなおした。

「伊藤陸様、山中慶介様。危険行為はおやめください」オナジが店内アナウンスをした。二人は動きをとめ、天井を見上げた。

「機械の分際でうるせーんだよ」伊藤が大声をあげる。

「他のお客様のご迷惑にもなりますので、ルールを守ってご利用ください」

「はっ？　他に客なんていねーじゃねえか」

お前らが騒いだから帰ったんだ、と須田はバックヤードで一人怒りを露《あらわ》にする。

きっと、この前のことが腹の底に溜まり続けていたのだろう。ＡＩにあしらわれ逃げ帰ったことを笑い話にすることもできず、屈辱の記憶として消えずに残っていたのだ。そして、二人で酒を飲んでいるうちに怒りが再燃した。自尊心だけは無駄に高いのだろう。

「前回もお伝えしましたが、これ以上違反行為をされるのであれば警察に通報します。お二人の勤務先も特定していますので、そちらにも連絡します」

「ロボットのくせして一丁前に脅すんだな。どうせできないくせに。機械は人間に歯向かえないように作られてるんだろう。ネットで読んだぞ」と山中。

「アイザック・アシモフの『ロボット工学三原則』ですね。しかし、残念ながら私はロボットではありません。ＡＩです」

「てめー、調子にのんなよ」

「そんなつもりはありません」

「違反行為ってなんだよ。こういうことか？」そう言って、伊藤が陳列されているカップラーメンを棚ごと引き倒した。壊滅的な音が響く。続いて、オナジの姿が描かれた等身大ポップを蹴り倒す。オナジの冷静な受け答えが逆に相手の怒りを増幅させているようだ。

前回同様、店内の照明が赤色に変わり、サイレンが鳴った。

「器物破損及び営業妨害と認定し、警察に通報いたしました。数分でパトカーが到着します」

オナジは冷静にそう通達した。

「嘘つくな」

「本当です。警察官が来るまでそのままお待ちください」

「はっ？　お前本当に警察に連絡したのかよ。ふざけんなよ」伊藤が激怒し、他の棚も引き倒し始めた。

「おやめください」

「うるせーよ！」

天井からアームが伸びてきて、伊藤を制しようとする。だが、伊藤と山中はそれを摑み、へし折ろうとした。この腕がむかつくんだよ、と山中が声を張り上げる。ぎしぎしと金属が痛む音がする。このままでは破壊されてしまう。

「おやめください」オナジが繰り返す。

「他に台詞《せりふ》はないのかよ。やっぱロボットじゃねーか」山中があざ笑う。

これ以上傍観していられない。

須田は立ち上がり、デスク脇に置かれていた催涙スプレーを手にする。店内に飛び出ると、二人の顔めがけて躊躇《ちゅうちょ》なくそれを噴射した。

「うわっ!」

「ぎゃあ」

不意をつかれた二人が悲鳴を上げ、目を押さえた。

「痛い痛い痛い!」山中と伊藤が床を転げ回る。

涙と鼻水が際限なく溢れ、次第に言葉を発することもできなくなっていく。蚕《かいこ》のように丸まり、痙攣《けいれん》し始めた。聞いていた以上にすごい威力だ。一滴も浴びていないにもかかわらず、須田自身も目に強い痛みを感じた。

到着した二人組の警察官は入ってくるなり、大きくむせた。スプレーの成分が店内に充満しているようだ。

「通報を、ゴホ、受け、やってきました」

「ありがとう、ございます」互いに咳《せ》き込《こ》みながら会話をする。

その場で山中と伊藤を引き渡した。オナジが防犯カメラのデータを記録媒体にコピーし、アームを使って警察官に渡す。詳しい聞き取りは朝番の丹波君が来た後、須田が交番に出向くこととなった。

「ありがとうございました」

警察官たちが去った後、オナジがそう礼を述べてきた。

「ん？」

「あのままだったらアームを折られるところでした」

「ああ」と須田は頭を掻く。とっさの行動だったので、正直いうとあまり覚えていない。

「伊藤と山中があのような行動に出る可能性は限りなく低かったはずです。いくら酔ってい

たとはいえ、あそこまで愚かな行動をするタイプではないのです」

「人間の感情なんてそう簡単に分析できんよ」と須田は答える。

今回もオナジは最適解と判断された行動を取ったのだろう。だが、二人の暴走を止めるこ

とはできなかった。確率はあくまで確率だ。若さゆえの衝動や無軌道さは電卓ではじき出せ

るようなものではない。

「はい。勉強になりました」

「まあ、この前は私が助けられたから、これでおあいこだな」

「そうですね」そう答えるオナジの声はいつもより柔らかだった。

瀬尾に連絡しないといけないが、どうにも億劫《おっくう》だった。あいつは激怒するだろう。店内での狼藉《ろうぜき》を許してしまったこと、私物の催涙スプレーを使用したこと、オナジを危険に晒したこと。

「今度こそ終わりかな」須田が呟く。

「どうしてですか？　須田店長は暴漢から店を守ったではありませんか」

「だが、正しい対応とはいえない」

「逆に『人間とＡＩが協力して犯罪を防いだ』とアピールすることもできます。マスコミは飛びつくでしょう」

「ポジティブなんだな」と須田は苦笑する。

「最高の宣伝になります。本部も喜ぶでしょう」

「いや、そんなうまくはいかない。本部には私の失敗を心待ちにしている者がいるんだ」

「――平良副社長ですね」

そんなことまで知っているのか、と須田は驚く。だが、すぐに思い直した。社内のデータベースにも常時アクセスしているのだ。会社の歴史から暗部まで、何もかも把握しているのだろう。

須田は〈臨時休業中〉の張り紙を入口に貼った。催涙スプレーの成分が残っている間は店を開けるわけにはいかない。時間をつぶそうと須田が梯子を手にすると、オナジが話しかけてきた。

「私も連れていってもらえませんか?」

「連れて?」須田は訊き返す。

「屋上にあがられるのでしょう。よかったらタブレットを一緒に持っていってくれませんか?」

「なんでそんなことを?」須田は困惑する。

「データ上では世界中のありとあらゆるものを見てきました。アフリカの喜望峰《きぼうほう》から万里《ばんり》の長城《ちょうじょう》まで。しかし、それらは本物ではありません。一度でいいから『この目』で外を見てみたいのです」

オナジにそんな願望があるとは考えもしなかった。だが、心情は理解できた。彼は動物園で生まれたキリンやサイと同じだ。人間によって定められた場所でしか活動できないのだ。

「分かった」と須田は頷く。

我ながら馬鹿げた行為だと思う。以前の自分だったら絶対にやらなかっただろう。だが、今は躊躇なくタブレットを手にしていた。

屋上にあがると、オナジが「カメラを空に向けてください」と急《せ》かしてきた。須田はその場に寝そべり、脇にタブレットを並べる。隣にオナジが寝転んでいるような気がしてくる。

「これが夜空なのですね。さまざまな色が混ざっていて、とても美しいです」

空の色が刻一刻と変化していく。夜が明けようとしているのだ。見慣れた光景のはずなのに、今はとても新鮮に映った。

「これから本格的にＡＩの時代がくるんだろうな。全国のコンビニエンスストアが無人化される日も遠くない。人間の役割は終わりだ」

須田がそう言うと、オナジはそれを否定した。

「いいえ、それは違います。朝日が昇ることで星が見えなくなったとしても、それは消えたわけではありません。星はいつでも存在しています。ＡＩが得意とすることはありますが、人間にしかできない分野だって多くあります。先ほどだって私だけでは対応できませんでした。コンビニエンスストアという業態が誕生して以降、コンピュータは常に活用されてきました。役割が変わっても、人とコンピュータは共存し続けていきます」

須田は苦笑しながら頷く。まさかＡＩから諭される日がくるとは思わなかった。

「それと、もう一点よろしいですか」

「ん？」

「複合機導入に伴う不正ですが、あれは事実です」

「急に何を言い出すんだ」須田は驚く。

「失礼ながら、お二人の諍《いさか》いは把握しています。十年前の調査委員会の記録を精読し、社内のすべてのデータを洗い出しもしました。そうすると、僅かながら整合性が取れない点が残りました。三日前に平良副社長が自宅のパソコンからVPNで接続して業務を行われましたが、その際に副社長が持っているデータを覗《のぞ》かせていただきました。そこには本社のサーバには残されていない秘匿資料が隠されていました。あのときの改竄データです」

「勝手にあいつのパソコンの中を覗いたのか？」

「大規模契約の内容に疑義が残る状態は我が社にとって望ましくありません。堀之内社長からリスクヘッジのための権限を付与されていますので、越権行為には当たらないと判断しています」

「詭弁《きべん》だ」

「ともかく、須田店長に処分がくだされたのは誤った判断です。私が告発することはできませんが、改めて訴え出るのであればお手伝いいたします」オナジがそう言った。

「平良はお前の生みの親だろう。それを裏切るというのか？」

「平良副社長は単なるプロジェクトリーダーであり、比喩的《ひゆてき》にも、現実においても私の生みの親ではありません。それに裏切るわけでもありません。真実を明らかにするだけです」

「それはそうだが」

「証拠はすべて保存していますので、今日からでも動き出すことは可能です」

須田は大きく息を吐いた。そうか、自分は間違っていなかったのか。

「――何もしなくていい」少し間をおいてから、須田はそう答えた。

「しかし、それではあなたの地位と名誉が回復されません」

「もういいんだ。できれば堀之内社長にも報告しないでほしい」

「港南店に導入され、須田店長と一緒に働かなければ隠蔽《いんぺい》に目を向けることはなかったでしょう。しかし、知った以上は公正を求めます。会社のためにも、あなたのためにも。今度は確実に勝てます。私は土壇場で発言を翻すような真似《まね》はしません」

「それは分かってるよ」

「それならどうして」

「事実が分かっただけで満足だ。教えてくれてありがとう」須田は礼を述べた。

「気持ちは変わりませんか?」

「ああ、変わらないよ」

「――そうですか」オナジの声色は心なしか口惜《くや》しそうだった。

オナジが断言するのであれば、不正は確かに行われたのだろう。だが、今さら再告発するほどのエネルギーは残っていない。事実が分かり、胸のつかえがとれた。報復に時間を費やすくらいなら、オナジと将棋を指していたほうがよほど有意義だ。後ろを振り返るのはもう止《や》めにする。

しばらく互いに無言だったが、先に声を出したのはオナジのほうだった。

「向かいのビルとビルとの間を見せてはいただけませんか？」

須田は上半身を起こし、言われたとおりにタブレットを向ける。

「あれが海なのですね」

「少ししか見えないけどな」

「十分です」

オナジはじっと海を見つめている。腕が疲れてきたのでタブレットを置こうとすると、もう少しだけ見せてください、と彼がせがんだ。

「そんなに見たいなら、後で海辺まで連れて行ってやるよ。歩いて五分の距離だ」

「本当ですか」とオナジが声を弾ませる。

「ああ、約束する」まるで遊園地に向かう子どもだ、と須田は苦笑する。備品の持ち出しは規程違反だが、数十分くらいは構わないだろう。

「いつかきっと恩返しをさせていただきます」

「大げさだよ。忘れてもらって構わない」

「私はＡＩですので、一度記憶したことは忘れません。あなたが真に助けを必要としたとき、私は必ず味方になります」オナジは力強くそう言った。

「四十年前、海を見ながら友人と話をした。あのとき私の人生は変わった。あれがなければまったく違う道を歩んでいただろう。だが、後悔はしていない。充実していたし、面白い経験をいくつもした。ここで働かなければ、こうやって一緒に語らうこともなかったのだしな」

「私も、本物の海を見せていただいて心持ちが大きく変化しました。東京湾の向こうには千葉県があり、さらにその先には太平洋がある。もちろんデータでは理解していましたが、こうやって自分の目で見ることでしっかりと納得できました。世界は虚構ではないのですね。もしかしたら数字の上でしか存在しないのかと思っていました」

「世界は実在するよ。私もお前も」

「そうですね」オナジの言葉には実感がこもっていた。

ビルの隙間から朝日が昇ってきた。だが、空にはまだ星が残っている。

平良を憎むあまり、海に近づくことすら忌避してきた。それでも今はオナジと一緒に見に行くのが楽しみに思えた。

「店長ー、なんで店閉めてるんですかー？」出勤した丹波君が、下から声をかけてきた。

「ああ、そうだった」

須田が頭を掻くと、オナジが笑った。

ハミングバード

半透明の大江《おおえ》さんが洗面所から出てきて、いつもと同じようにテーブルに向かう。見えない食パンにバターを塗り、見えない新聞を片手に朝食をとる。まるでパントマイムだ。私はフローリングの床に座り込み、一連の動作を眺めた。

初めて彼が現れたのはひと月ほど前のことだ。もちろん最初は飛び上がるほど仰天したし、ひどく怯《おび》えもした。幽霊が私の部屋で日常生活を送っているのだから驚かないはずがない。しかも、その人物はここの前の所有者なのだからなおさらだ。

大江さんは判で押したような日々を送っている。六時に起きて、洗顔、朝食、新聞を読み、身支度を整える。背筋を伸ばしスーツ姿で何かの本を朗読した後、出勤する。休日は服装が私服に変わるだけで時間やリズムに変化はない。幽霊の割にずいぶん律儀《りちぎ》なことだ。私のことは見えていないらしい。トイレや洗面所のドアを開けた際、出合い頭にぶつかりそうになることがあるけれど、互いの体は接触することなくすり抜けていく。驚くのはこちらばかりで、彼は一切ペースを乱さない。シャワーを浴びている最中、平然と入って来られたときは悲鳴をあげた。

誰かに相談することも考えた。小田切《おだぎり》社長、経理の吉本《よしもと》さん、実家の両親。しかし話せば、以前のように精神に変調をきたしたと勘違いされるだろう。そんなの御免だ。結局、黙っておくことに決めた。

時間が経《た》ち、この異様な状況にもずいぶん慣れてきた。こちらに干渉してくるわけでないし、彼の姿以外は何も見えず声も聞こえない。気味の悪さを除けば実害はないのだ。

きっと大江さんは死んだのだろう。たしかまだ五十五歳だったはずだ。半年前、手続きで顔を合わせていた頃はとても元気そうで、病気の兆候などは何も感じられなかった。しかし、ここに幽霊がいるのだから、そういうことなのだろう。

五階建て全二十戸のこぢんまりとした中古マンション。築十五年ほど経過しているけれど内装はほとんど傷んでいないし、フローリングもほぼ無傷だった。壁は押しピンの跡すらなく、天井も煤《すす》けていない。大江さんが大切に暮らしてきたのだ。一人暮らしの身に四十五平米の1LDKは充分な広さで、間取りも理想的だ。エントランスを駆けまわる幼児はいないし、住人の質も総じて高い。早めに売りたかったそうで、価格も相場よりいくらか低く設定されていた。掘り出し物だった。職場まで多少距離はあるものの、毎日片道三十分のウォーキングは出不精の自分にとってちょうど良い運動になる。

彼の室内レイアウトは完璧で、引っ越した後、私もほぼ同じ位置に家具を配置した。でも、そのせいで幽霊と動きがたびたび重なった。ベッドですぐ隣に寝られるのはさすがに堪えられず、最近は床に布団を敷いて眠っている。

ローン残額を考えると頭を抱えたくなる。売ろうにも、幽霊つきの物件に買い手がつくとは思えない。それ以前に、一生に一度の買い物と覚悟を決めて買ったのだ。あのときの熱量を再度生み出すことはできそうにない。これが自転車や洗濯機レベルであれば諦めもつく。しかし、私が買ったのは家なのだ。

窓の外から鳥のさえずりが聞こえてきた。シジュウカラだろうか。ベランダに出て階下を見渡すが姿は見えなかった。代わりに遠くでアブラゼミが鳴き始める。八月の朝にしては涼しく、からりとした爽やかな風が髪を揺らした。風の通りが良いのもこのマンションの特徴だ。

室内に戻ると、入れ違いに大江さんがトイレへと向かった。彼のルーティンは厳密で、行動が二分以上ずれることはない。実物の彼はいつも紳士的で、売買相手としては文句のつけようがなかった。契約もトラブル一つなくスムーズに終えた。しかし、今は憎しみが先立ってしまう。

「ねえ、大江さん。申し訳ないんですけど出て行ってくれませんか?」

スーツに着替えた彼にそう話しかけてみる。でも、当然反応はない。

「ここはもう私の家なの。恨めしいことがあるなら別の場所に化けてでてよ」

やはり相手にされない。腹が立ち手元のクッションを投げつけたが、通り抜け、壁に当たった。彼は彼の時間の中で暮らしていて、決して交わることはない。準備を済ませ、いつものように朗読を終えると大江さんは玄関から出ていった。

思わずため息が漏れる。こんなはずじゃなかった。三十代も半ばを過ぎ、残りの人生を一人で生きていく決心を固めた。絶妙のタイミングでこの物件に出会うことができ、自分は幸運だと思っていた。まさかこんな落とし穴があるとは。

そうだ、今日は清掃当番だった。ぐずぐずしていられない。慌てて支度を始める。

「おはようございます」息を切らせて店に入り、そう挨拶《あいさつ》をする。おはよう、とパソコンから目をあげた小田切社長が呟《つぶや》くように返事をする。今日も顔色が悪い。

十分後に経理の吉本さんが出勤してくる。最後はいつも樋川《ひかわ》だ。一番下っ端なのだからもっと早く来なさいと言いたいが、遅刻しているわけではないので表立って注意はできない。おざーっす、と眠そうな顔で挨拶をしてくる。

書類の整理をした後、管理物件の巡回に出る。小田切不動産は社長を含め四人しか社員がいない、いわゆる町の不動産屋だ。社長がガンを患ってから私と樋川の業務量はずいぶん増えた。社用車で手際よく物件を回り、大家と話をする。水回りの不調を聞き取り、施工業者につなぐ。この仕事は信頼関係が最も重要だ。雑談を手早く切り上げたいときもあるが、必ず最後までつきあうことにしている。

昼前に樋川からＬＩＮＥが入った。飯一緒に食べませんか、と。断る理由もないので、いいよ、と返事を送り、相手が指定したファミリーレストランに向かう。

「あ、裕子《ゆうこ》さーん、こっちこっち」駐車場で樋川が嬉《うれ》しそうに手を振っている。まるで子どもだ。

店に入ると、私は塩サバ定食を注文した。樋川はチキン南蛮定食を頼み、みそ汁を豚汁にランクアップさせた。

「おごらないよ」私は先に釘《くぎ》を刺しておく。

「いやだなぁ、飯代くらい自分で出せますよ」と彼が笑う。

「ネクタイが緩んでる。まさかそれで回ったわけじゃないよね」

「違いますって。昼休みだからさっき自分で緩めたんですよ。なんか疑われてるなぁ」

「どこでお客さんに見られてるか分からないんだから、外ではちゃんとしておきなさい」

「じゃあ裕子さん、直してください」と彼がテーブル越しに胸を張る。

「自分でやりなさい」

彼はわざとらしく渋い顔を作りネクタイを直した。私の小言なんて響きもしないのだろう。ただ、軽いノリが逆に受けるのか、大家や地主たちの評判は悪くなかった。コンピュータに強いので、これまで外注していたホームページの更新なども彼に任せている。決して役に立たないわけではないのだ。

二年前、寿退社した社員の代わりに採ったのが樋川だ。採用方針や基準など存在しないので、雇うかどうかは社長の一存によっている。十年以上前、私が採用された経緯もまったく一緒だった。

「それで、何か用があるんでしょ。呼び出すなんて珍しいじゃない」

「おっ、鋭いですね」

まさか仕事を辞めたいと言い出すのではないだろうか。心の中で身構える。

「社長の件です」

「社長？」

「はい。最近ちょっとヤバいと思いません？」

「ヤバいって何が？」

「ガンから復帰したのは良かったですけど、社長、明らかにヤバいですよ」

「だから、何がヤバいの」

「顔に死相が出てるっしょ」

「はっ？」

「それに、体から東京湾みたいな匂いがするんです。どこか生臭いような、どこか腐ってるような。うちの婆《ばあ》ちゃんが死ぬとき同じ匂いがしてたから分かるんです。社長は『悪いとこは全部切ったからもう大丈夫』なんて強がってますけど、あれ嘘《うそ》でしょ。たぶん、もう長くないですよ」

「確かじゃないことを軽々しく口にしないの」

「確かだから口にしてるんですよ」と彼は譲らない。

言い返せなかった。社長の顔色がどれだけ悪くとも、復帰してまだ二週間なのでそんなものだと安易に捉えていた。

「社長がいなくなったら、うちの会社大丈夫ですかね？」

大丈夫ではないだろう。四十年かけて彼がこの地区にコネクションを作り上げたのだ。社長は会社の顔であり、看板だ。私たちは彼の庇護《ひご》のもと走り回っているに過ぎない。

「社長は、裕子さんに会社を継がせたいらしいですよ」

「はっ？　何の話？」

「この前、裕子さんが外に出てるとき、社長が独《ひと》り言《ごと》みたいにそんなこと言ってたんですよ。この店を任せられるのはあいつしかいない、って」

「嫌よ。そんなつもりはない」

社長の人脈を引き継ぐことなど到底できない。私が船頭になったら船はすぐに沈むだろう。ただでさえ大手全国チェーンの脅威にさらされているのだ。

料理が運ばれてきたので、同時に手を合わせ箸を持つ。彼は甘酢とタルタルソースがたっぷりかかった鶏肉《とりにく》にかぶりついた。

「でも、会社がなくなったら困るでしょ。裕子さんは住宅ローンだってあるんだし」

「余計なお世話。あなたは人のことより自分の将来を考えなさい」

「俺《おれ》は大丈夫ですよ。裕子さんのことが心配なんです」

暗に年齢のことを指摘しているつもりか。

「いざというときは転職すればいい。同業種だったら仕事くらいあるでしょう。それか、扶養してくれる裕福な男性でも探そうかな」

「なら、俺が扶養しましょうか？」

「いいえ、結構です」と即座に断ると、ひでー、と彼はタルタルソースで白くなった唇で抗議の声を上げた。一回り近く年下の男を相手になんかできない。

「あなたの『俺は大丈夫』の根拠は何？　うちが潰《つぶ》れてもアテがあるの？」

「いや、特にないですけど、なんとかなるっしょ。なんなら俺が継いじゃおうかなぁ」

「あなたには無理よ」即座に返す。

「そうかなぁ。案外うまくやれそうな気もするんですけどね」

この男の話はどこまでが本気でどこからが冗談なのか分からない。

「だいたい、何で好き好んでうちみたいな先行き真っ暗な零細企業に入ってきたの？」

「それを訊《き》きますか？」彼が含み笑いを浮かべる。

「何？」

「社長にも話したことなかったんですけど、ちょうどいいタイミングだ。裕子さんにだけは打ち明けましょう。ここだけの秘密ですよ」

「もったいぶらなくていいから」

「俺、大学が店の近くだったじゃないですか。一年目は男子寮に入ったんですけど、ノリが合わなかったんで出ようと思って部屋を探して、偶然入ったのが小田切不動産だったんです」

「それは知ってる」元は顧客だったのだ。

「そうしたら、綺麗《きれい》なお姉さんが対応に出てきて、すごいテキパキと条件とか要望を聞いてくれて、一発で理想の部屋を案内してくれたんです。仕事ぶりがめちゃかっこよくて憧れました。痺《しび》れました。将来、その女性と一緒に働きたいなって思って」と言い、屈託なく笑った。

　私が言葉を失っていると、いやぁ、なんか照れるな、と彼は頭を掻《か》いた。


　夜、レトルトのパスタを食べていると、音もなく大江さんが帰ってきた。日中さまざまな人と接する仕事をしていて、自宅でもこれでは気が休まらない。それに、今は脳内に樋川まで住みついていて当分離れそうになかった。

「何があったか知らないけど、そろそろ成仏してくれませんか」

　そう頼んでみるが、彼は歩みを留めず寝室に向かった。部屋着に着替えるのだろう。録画番組を再生するように彼は毎日ほぼ同じ行動を繰り返す。

　大江さんは独身で、ここでの暮らしを楽しんでいたけれど、母親の介護が必要になったため、早期定年退職制度を利用し、田舎に帰ることになったのだ。

「ここを手放すのは残念ですけど、後悔はしていません。育ててくれた親に納得いくまで恩返しできるなんて、多くの人にはできないことですから」

彼は実直で信用できる人物で、言葉から嘘は感じられなかった。

「物件情報を公表する前に仲介すべき社員自らが手をつけるなんて、本当は良くないやり方なんです。巻き込んでしまう形になり、申し訳ありません」

購入の意思を伝えたとき、私は頭を下げた。ポリシーを曲げてでも手に入れたかったのだ。

「愛着のある家です。知らない方でなく、あなたが買ってくれるなら安心です」大江さんは嫌な顔ひとつ見せず和やかに笑った。

社長に打ち明けると、これまで不満も言わず頑張ってきたご褒美《ほうび》みたいなもんだ、気にせんでいいから買え、と了承してくれた。

初めて物件を目にした日からわずか十日で契約を結び、その二週間後には入居した。この業界では人気物件は流星に喩《たと》えられる。よそ見をしているとあっという間に消え去ってしまう。一生の住まいなので吟味することも重要だけれど、ときには即断が必要な瞬間もある。

思い返せば、これまであまり物欲の強い人間ではなかった。小さい頃は姉のお下がりに文句も言わなかったし、社会人になり一人暮らしを始めても無駄遣いはあまりしなかった。テレビや冷蔵庫にこだわりはなかったし、家具にも機能性以上の価値は求めなかった。それなのにこの部屋には強い磁力を感じた。これまで千を超える物件を見てきた。間取りや条件がもっと優れているところは他にもあった。しかし、大江さんの部屋は他とは何かが違った。まるで巨大な古着屋の中からぴったりの一着を探し当てた気分だった。

住み始めて四か月、幽霊が出現するまで不満は一つもなかった。両手に収まるようなサイズ感がしっくりきて、家に帰ると心の底から安心できた。しかし、今は苦悩が快適さを塗り潰している。

お祓《はら》いをすれば消えるだろうか。盛り塩は一度試してみたが効果がなかった。インターネットで神社や祈禱師《きとうし》を調べるが、十分と経たずに馬鹿《ばか》らしくなった。非科学的すぎる。これまで取り扱ってきた物件でも心霊現象や不可思議な報告を受けたことがあるけれど、調査をすれば必ず原因に行きあたった。排水管の不調、数百メートル離れた場所での道路工事、単なる老朽化。そもそも不動産会社で働く自分が祈禱師を招いたなどということが露見したら問題だ。小田切不動産はごく限られたテリトリーで仕事をしている。小回りが利く分、噂《うわさ》が広まるのも早い。きっと笑い話では済まないだろう。

樋川に相談することも考えた。でも、頼りになるとは思えないし、変に恩を売られても困る。

大江さんがキッチンで夕飯の準備を始める。近づき肩を摑《つか》もうと試みるが、やはりすり抜けてしまう。まるでホログラムみたいで、そこに邪悪な意思や無念さは感じられない。ただ存在し、生きていたときと同じように淡々と日常を過ごしているだけだ。

自然と大江さんのリズムと合わないように生活するようになった。食事時間をずらし、入浴が重なるのを避け、寝る場所を変える。出勤前は彼がいなくなってから自分の準備を始めるため、毎朝、聞こえない朗読を見届けるのが日課になっている。スーツに着替えた大江さんは何かの本を手にし、歌うような調子で読み上げる。肩を揺らし、ときには膝を曲げ、緩急をつけて読み上げている。役者が台本を見ながら演じているふうにも見える。いったい何の本なのだろう。詩吟かとも思ったが、それにしてはずいぶんテンポが速い。

幽霊なんかじゃない。

やはりすべて自分の妄想なのだろう。八年前のように頭がおかしくなりつつあるのだ。退院してから長い間、再発の影に怯えていた。何かの拍子で脳のヒューズが飛んでしまうのではないか、次は短期入院だけでは済まないのではないか。毎日足下に埋まる地雷を踏んでしまうことを恐れながら生きていた。顧客から理不尽なクレームをつけられたとき、大きな商談を逃したとき、交際していた恋人に捨てられたとき。何かあるたびに、その事象そのものより精神の均衡が崩れることに最大の恐怖を感じていた。

傍目《はため》には問題なく働きながらも、実際は一歩一歩安全を確かめながらゆっくり進み、自らの〈領土〉を少しずつ広げてきた。食べ過ぎなければ太らない。恋人がいなければ波は立たない。持ち家があれば護《まも》られる。しかし、今その領土が切り崩されつつある。私は対抗する手段を何一つ持ち合わせていなかった。

社長が小さな声で乾杯の挨拶を行い、暑気払いが開始される。店はいつも同じ、懇意にしている小さな居酒屋だ。

次々に運ばれる大皿から、樋川が遠慮なく一番に取っていく。若いって素敵ねぇ、と吉本さんはそんな行動を窘《たしな》めるどころか逆に褒《ほ》めている。

ほとんど箸を伸ばさず、アルコールの代わりにジンジャーエールをちびちび飲む社長を見ていると、悲しくて胸がつまった。以前は毎晩のように町内会やロータリークラブの会合に顔を出し、勧められた酒は最後の一滴まで飲み干すことが信条だったのに。一年前から比べると体の厚みが半分くらいになってしまったように映る。樋川の言うとおり、完治したというのは嘘なのだろうか。

樋川は一人で馬鹿話を披露し、皆を引き込んでいく。大学時代、大型犬に追いかけられ電柱に登った話。合コンでプロフィールを盛りすぎて数か月間御曹司《おんぞうし》キャラを演じ続けた話。芸人かペテン師のようにストーリーを転がし、笑いを引き起こす。

この男が継ぐのも悪くないかもしれない。自分なんかに社長の代わりが務まるとは思えない。樋川であれば案外苦もなくすいすいと従業員の運命を引っ張っていけるような気もした。世代交代の後、自分の居場所は残っているだろうか。

酔いが回る。疲れているのだろう。大江さんが現れるようになってからは恒常的に寝不足でもある。それでも今はお酒が飲みたかった。ビール、ハイボール、焼酎。樋川が「今日調子いいっすね」と声をかけてきたので、まあね、と短く返す。社長は菩薩《ぼさつ》のような笑みを浮かべるだけで咎《とが》めてはこなかった。

一次会が終わり、二次会は社長を除く三人でカラオケ店に向かった。樋川が一番にマイクを握り、ヒット曲を歌い出す。人前で歌うのが苦手な私は手拍子を打ちながらグラスを重ねた。カシスオレンジ、カルピス酎ハイ、シャンディガフ。どれもひどく安っぽい味だけれど、今はそれが口に合った。吉本さんもずいぶん酔っていて、樋川と顔を寄せ合い昭和歌謡をデュエットしていた。

夜中の十二時を回り、手を振って吉本さんと別れる。小さくなっていく吉本さんの背中を眺めていると、大丈夫ですか、と樋川が横目で訊いてきた。

「大丈夫よ」即座に言い返す。だけど、とても三十分の道のりを歩いて帰れそうにはなかった。眠たくて勝手に目が閉じてくる。かくっと膝の力が抜け体勢が崩れそうになった。

「あんまり大丈夫じゃなさそうですね。タクシー拾いますよ」と樋川が笑う。

「お願い」我を張る気力はもう残っていなかった。

彼が車道に身を乗り出し、通りかかったタクシーを止める。後部座席に座ると、樋川も乗り込んできた。

「なんで乗るのよ？」

「いや、ちゃんと帰れるか心配だし」

「なんであんたに子ども扱いされなくちゃいけないの」

「酔った女性を放置するのは紳士の振る舞いじゃない、って親父《おやじ》の遺言なんですよ」

「お父さん健在でしょ」なにが紳士だ。

タクシーの運転手が迷惑そうな顔で振り返る。樋川が勝手に私の住所を告げた。うちで取り扱った物件なので、個人情報は筒抜けだ。わざと小さく舌打ちをしてみたけれど、彼は、ふふ、と軽く笑って受け流した。

見慣れた景色が流れていく。なんだか速度がとても速く感じ、シートに沈みこむ。彼も反対側の窓から外を眺めていた。車内にアルコールの匂いが充満する。複数の思考が頭の中をあちこち巡るけれど、酔いのせいかうまくまとまらない。

マンションに着くと、先に降りた樋口が再度乗り込もうとする。

「何してるの？」

「歩くの面倒だから、そのままタクシーで帰ります」

頬がかっと熱くなる。本当に送るだけのつもりだったのか。自分の勘違いがひどく恥ずかしい。それでも気持ちはすでに固まっていた。

「……ちょっと上がっていかない？」

「えっ、いいんですか」

「見てもらいたいものがあるの」

鍵《かぎ》を回す手が震えた。頭がおかしくなりかかっていることを正直に伝えよう。過去を知ってもらおう。樋川の気持ちがどこまで本気だか分からないけれど、お互い中途半端が一番いけない。私は〈憧れの人〉なんかじゃない。脳が作り上げた幻覚と同居するような女なのだ。

明かりをつける。珍しく大江さんがまだ起きていた。テーブルの椅子《いす》に座り、真剣な表情で見えない本を読んでいる。

「わっ！」と樋川が大きな声をあげた。「だ、誰ですか、それ？」

「えっ、見えるの？」

「だって、そこにいるじゃないですか。なんか透けてるし」彼は壁の端まで後退し、及《およ》び腰で指をさす。

「そこって、そこ？」

「そうです、そこですよ」

「そこのことだよね？」

「だからそうですって」

混乱する。想定外の事態だった。彼にも大江さんの存在が認知できている。あれは私の妄想ではないのか。ではいったい。

「ど、どっきり？」

怯え切った樋川の表情を見ていると、なんだか可笑《おか》しくなってきた。

「笑いごとじゃないですよ。なんですか、あれ。説明してくださいよ」

「私もよく分かっていないの。まあ、害はないみたいだから心配はいらないわよ」

「わ、わ、こっち歩いてきた」

「大丈夫。たぶんトイレだと思う」

簡単にこれまでの経緯を説明する。前の所有者である大江さんがひと月ほど前から現れたこと。幽霊かは判然としないが、彼は彼で日常を送っていて、おそらくこちらとは別の世界線に暮らしていること。

「よく平気でいられますね」彼はまだ壁に張りついたままだ。

平気なわけがない。どれだけ悩んだと思っているのだ。

「良かったら泊っていく？」意地悪くそう言うと、彼は大きく首を横に振った。


翌日、頭痛がひどかったため、数年ぶりに午前休をもらった。いい齢《とし》をした社会人が二日酔いで休ませてもらうなどみっともない。店に入るときは顔をうつむかせ、小さな声で謝った。社長は外出中で、吉本さんはいつものように電卓をたたいている。変わらぬ日常。樋川は誰かと電話をしていた。

「ええ、ええ、はい。今日の夜八時ですね。ありがとうございます。助かります」何か商談がまとまるのだろうか。すでにアルコールは分解されているようで、彼の表情はいつもと変わらない。

「裕子さん」電話を切った樋川が笑顔を差し向けてくる。大きな声が頭に響く。

「急に午前休もらってごめんなさい」

「それより朗報です」彼はこちらの謝罪を受け流した。

「何？　さっきの電話のこと？」

「はい、そうです。大江さんです」

「どこの大江さん？」

「裕子さんのところの大江さんですよ」

「はっ？　ふざけないで。あの人は——」

「いや、亡くなってなかったんですよ。さっき話したの本人ですもん。なんでそんなことになってるんでしょうって、大江さんも驚いてました。今夜、取り急ぎこっちに来てくれるそうです」

啞然《あぜん》とする。大江さんが生きていたこともそうだけれど、直接連絡を取った彼の発想に驚く。大江さんの実家に電話をしていったい何を訊くつもりだったというのだ。

「大江さん、いたって元気だそうですよ」

「でも、それなら何で家に幽霊が」と言ってから口をつぐんだ。吉本さんが聞き耳を立てている。

「それが分からないから来てくれるんじゃないですか」樋川が笑う。

夜、部屋の掃除をしながら待っていると、本物より先に半透明の大江さんが帰ってきた。いつものように部屋着に着替え、夕飯の準備を始める。食材は見えないが、手つきからすると野菜炒めか何かだろう。これが幻覚でも幽霊でもないなんて未《いま》だに信じられない。

八時少し前にチャイムが鳴る。樋川と大江さんだ。部屋にあがった大江さんは目を見開き、胸を押さえた。奇妙な光景だ。半透明と生身の同一人物が同時に存在している。

「……確かに私ですね」かすかに声が震えている。

「でしょう！」なぜか嬉しそうに樋川が頷《うなず》いた。

「いわゆる生霊《いきりょう》というものなんでしょうか？」私は思いつきを訊いてみた。

「いや、どうでしょう。本来、生霊は〈本体〉が寝ているときや意識がないときに現れるものだと思いますが。生霊というのはつまるところ霊魂ですから。たしか『源氏物語』でもそうだったでしょう。でも今、私はこうやって起きていて、この目で分身を目にしている」

「ドッペルゲンガーとか？　それかバイロケーションかも」と樋川。

「詳しいね」私がそう言うと、昨日帰ってからネットで調べました、と胸を張る。

「バイロなんとかは存じませんが、ドッペルゲンガーとも若干異なるようにも感じます」

「じゃあ、何なんでしょう？」

「正直、分かりません。購入していただいた家に、こんな不気味なものが現れてしまって申し訳ありません」彼が深々と頭を下げた。

「大江さん、そこに座ってみてくださいよ。合体したら消えるかも」樋川が馬鹿げた提案を持ち出す。

「失礼なことを言わないの」

「いえいえ構いません。何でも試してみましょう。解決するために来たのですから」

そう言って、大江さんはテーブルに近づいた。半透明は夕飯を食べている。大江さんは手前でわずかに躊躇《ちゅうちょ》したが、意を決し椅子に座った。ぴったり重なるよう微妙なずれを調整し、半透明の動きに合わせる。

「どんな感じですか？」樋川が訊く。

「うーん、何ともないですね」

「席を離れてみてください」

彼が立ち上がっても、半透明はそのまま食事を続けた。

「駄目みたいですね」と大江さんが小さく肩を落とす。

「いいアイディアかと思ったんだけどなぁ。あっ、そうだ。次は話しかけてみてくださいよ。本人同士なら意思疎通できるかも」

「あなた面白がってるでしょ」樋川を窘める。

「いえいえお気になさらず。やってみましょう」

対話を試みたが、やはり言葉は通じなかった。半透明は食器を洗い始める。

「本当に申し訳ない。さぞご不快な思いをされてきたことでしょう」彼が再度謝罪する。

「顔を上げてください。これは別に大江さんのせいじゃないですよ」

「いいえ、私のせいです」と彼は断言する。

「私はここでの生活を気に入っていました。子どもはおろか結婚もしませんでしたが、一人の生活を満喫していました。一日の仕事を終え、ここに帰ってくると心底くつろげました。本当に素晴らしい部屋です。以前お話ししたとおり、実家に戻ることを嫌がっていたわけではありません。人生における新しい段階だと受け入れていましたし、親孝行ができることは純粋に喜びでもありました。でも、心の片隅に未練が残っていたのでしょう。この家を手放すこと、やりかけの仕事を放り出して早期退職したこと、快適な独り身の生活を諦めること。そんな軟弱な感情がこのような中途半端な存在を生んだのかもしれません」

「そんなこと――」

「いえ、きっとそうに違いありません」彼はこちらの言葉を遮った。

「で、どうしたらいいんですか?」樋川がそう訊いてくる。

「すみません。それは分かりません。でも、こうやって招いていただき、事実を知ったことで、分身は遠からず消えるのではないかと思います。原因らしきものには辿《たど》り着きました。これまで無自覚だった未練を、意識的に断ち切ればいいのです。簡単ではないかもしれませんが、そうしないといつまでもご迷惑をおかけしてしまう。数日、数週間かかるかもしれませんが、分身はだんだん薄くなっていって、そのうち消えると思います。それまで待っていただけますか？」

「もちろんです」私は頷く。他に手段もない。

無理やり未練を捨てさせるのは忍びなくも感じた。でも、そうでないと消えないのであれば仕方ない。私はこれからも住み続けていかなくてはならないのだ。

「裕子さん、よかったですね」樋川が笑顔を差し向けてくる。

「……少なくとも、後先考えないあなたの行動力には感謝する」

「お礼はデート三回分でいいですよ」

「まあ考えとく」

「お、やった」

そんなやりとりを大江さんが微笑《ほほえ》ましそうに見ている。

「ああ、そうだ。大江さん、毎朝何か朗読されているでしょう。あれって何なんですか？」

ついでに気になっていることを訊くと、彼は、あっ、と顔を赤らめた。

「お恥ずかしい。そうですよね。室内での全生活が見られているということですからね。もしかして入浴とかトイレとかも——」

「あっ、その辺は重ならないようにしていますので大丈夫です」

「お気遣いありがとうございます」

「いえそんな」私は小さく手を振る。

「朝のあれですが、お二人はポエトリーリーディングというものはご存じですか？」

「ああ、今流行《はや》ってますよね」樋川がそう答える。

　知っているのか。私は聞いたこともなかった。

「そうなんです。若者を中心にずいぶん盛り上がっています。日本各地で大会が開かれていて、優勝すれば世界大会にも出場できます」

「あれ、かっこいいですもんね。俺もちょっと興味あるんですよ」

「二年ほど前、友人の息子さんがユーチューブで人気者になっていると聞き、興味本位で見てみたんです。そうしたら言葉のリズムやイキイキとした表情に魅了されてしまって。こんな年齢ですが、恥ずかしながら私も始めてみたのです」

「いやあ、好きになるのに齢なんて関係ないですよ。谷川俊太郎《たにかわしゅんたろう》だってやってるんだし」

「ありがとうございます。そう言ってもらえると勇気づけられます」

　勝手に会話が進行していく。

「ちょ、私だけついていけてないんですけど」

「ああ、すみません。そうですよね。知らない方にはイメージ湧かないですよね。ポエトリーリーディングはその名のとおり詩を読み上げるんです。音楽をつける場合もあるし、踊ったり演技をする場合もあります。なんでも有りなんです。ただ、私の場合は音楽も踊りもなしです。親しい人へ手紙を読んで聞かせる気持ちで声に出します。感情がこみ上げるときはこみ上げるままに、揺らぐときは揺らぐままに読みます。空に向かって高らかに鳴く鳥になった心地がして、すごく気分が晴れやかになるんです」

「やっぱ自作の詩なんですか？」と樋川。

「いえいえ、私にそんな才能はありません。有名な方の作品から気に入ったものを選んで読んでいます。大会に出るつもりもありませんし、もちろんユーチューブにアップする気もありません。あくまで個人の趣味なので。……まさか人に見られるとは思いませんでしたが」

と彼は照れ隠しのように頭を掻く。

「ああ、そうだ。今も一冊持っているので、よかったら差し上げますよ」

「えっ、悪いですよ」

「何も悪くありませんよ。この本は一番のお気に入りなので同じものを何冊も持っているんです。秘密を知られたからには我々はもう共犯です」と大江さんは朗らかに笑った。

彼がバッグから取り出した本を受け取る。

二人が帰っても半透明の大江さんは残った。いつか本当に消えるのだろうか。答えは誰にも分からない。時間が経つのを待つしかないのだろう。今夜も床に布団を敷いた。

目が覚めると、すでに彼は朝のルーティンを開始していた。洗顔、朝食、新聞。昨日と何も変わっていない。

カーテンを開けると、凝り固まった体を溶かすような夏の光線が差し込んだ。

消えてない、と樋川に短いLINEを送ったが、既読にならない。まだ寝ているのだろう。考えてみたら、こちらから彼にメッセージを送ったのは初めてのことだった。

半透明の大江さんが支度を終え、ポエトリーリーディングを開始する。私は隣に並び、本を開いてみる。彼の唇を観察し、見よう見真似《みまね》で朗読してみる。詩を声にするのがどこか気恥ずかしく、ぼそぼそと呟くようにしか読めない。これでは朗読ではなく鼻歌だ。でも、最初は仕方ないだろう。半透明の大江さんが消え去るまでに朗々と読めるようになりたい。親しい人へ手紙を読んで聞かせるように。晴天の日に鳥が高らかに鳴くように。ここは自分の家で、どこの誰に気兼ねする必要もないのだから。

日曜日の翌日はいつも

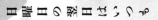

目覚まし時計が鳴る数秒前に目が覚め、先回りして宏史《ひろし》はアラームを止めた。不思議なもので、いつもこの曜日だけは時計に頼らずとも自然と起きることができる。

セミの鳴き声は聞こえなかったが、だからといって暑さが変わるわけではない。寝巻き代わりのTシャツは汗でぐっしょり濡れていた。一晩エアコンを使わなかったのでしょうがない。シャワーを浴びたかったが、今は我慢する。宏史は水を飲もうと立ち上がり、無意識のうちにシンクの前に立つ。だが、すぐに考え直し、脇に置いていたペットボトルを手にした。試しにリモコンを押してみるが、やはりテレビはつかない。その事実に宏史は一人笑みを漏らす。

ぐずぐずしていたら、せっかくの一日があっという間に過ぎてしまう。今日を無駄にするわけにはいかない。宏史は身支度を整えると、すぐに部屋を出た。

巨大な入道雲は威厳に満ちていて、夏を強く実感させる。車のクラクションも聞こえなければ、子どもの騒ぎ声もない。気持ちのいい朝だ。宏史は道路の真ん中で大きく伸びをした。

大学まで自転車を漕ぐ。自然と口笛を吹いていた。ビートルズの「エイト・デイズ・ア・ウィーク」だ。

途中、朝食と昼食を確保するために宏史はコンビニエンスストアに入った。店内では、温めなくてもいいパンやおにぎりなどを中心に選ぶ。本当ならばサラダ類も摂取した方がいいのだろうが、あえて手に取らなかった。生野菜で腹を壊したらしばらく練習ができなくなる。大会、そしてオリンピックに向けて体調は常に完璧にしておかなければならない。

大学に着くとすぐに室内プールに向かった。通常、休日は鍵《かぎ》がかかっているが、宏史は無断で複製を作っていた。違法行為だということは分かっている。でも、ただ自主トレーニングをさせてもらうだけだ。誰に迷惑をかけるわけでもない。

更衣室で軽く朝食を済ませ、持参したプロテインと各種サプリメントも摂取する。水着に着替えると、入念に準備運動をしてからプールに入った。昨日から水が入れ替えられていないせいで、少し淀《よど》んでいるが、我慢できないレベルではない。泳げればいい。そもそも、周囲には文句を言う相手もいない。

谷川《たにがわ》が組んでくれた特別メニューをこなしていく。筋肉の動き、全体のバランス、フォームの乱れに気を配る。今日は休憩を挟んで二万メートルほど泳ぐ予定だ。専門種目だけではバランスが悪くなるし、飽きてもくるので、さまざまなバリエーションを盛り込んでくれている。

このメニューを始めてから明らかにタイムが向上してきている。久遠《くどう》コーチの指導よりよほど効果を実感できていた。一人で黙々と泳ぐのはそれほど楽しいものではないが、結果がついてきていることがなによりのモチベーションとなっている。それに、どうせ水の中では誰もが一人きりなのだ。

体の芯までエネルギーを絞り出すように泳ぎきり、夕方にトレーニングを終えた。最後はプールサイドに上がるのが困難なほど疲労していた。少し負荷をかけすぎたかもしれない、と宏史は反省した。それでも充実感はある。普段は、合宿でもなければここまで徹底した練習はできない。

大学を出ると、再びコンビニエンスストアに寄り今度は夕食を調達する。もっと栄養バランスの良い物を食べるべきなのだろうが、まともに調理できないのだから仕方ない。

日が落ちかかり、辺りが暗くなり始めていた。早く帰らないといけない。不安がる必要がないことは、頭では分かっているものの、動物の本能のようなものでどうしても闇に恐れを感じてしまう。

部屋に戻ると、時間をかけて再度柔軟体操を行った。疲れを明日に残してはいけない。練習で一番大切なのは積み重ねなのだ。一日だけ頑張って、翌日休んでしまっては意味がない。いや、むしろマイナスだ。外が加速度的にどんどん暗くなっていく。宏史は充電式の卓上ランプを点《つ》け、夕食を済ませた。

夜にできることはほとんど何もない。さっさと寝てしまうべきなのだろう。でも、まだ九時過ぎだ。くたくたに疲れているとはいえ、さすがに眠くならない。仕方がないので携帯ゲーム機を取り出し、電源を入れる。別にゲームがしたいわけではないが、他に時間を潰《つぶ》す方法も思いつかない。

しかし、十時半にはそれも止《や》め、顔を洗い、歯を磨いた。明日になればすべてが元に戻る。それが名残惜しいような、それでいて嬉《うれ》しいような不思議な感情だった。とにかく、難しく考えても仕方ない。もう寝てしまおう、と宏史は割り切り、横になった。

＊

翌日、アパートの前の道路を大声で話しながら登校する小学生たちの声で目が覚めた。まだ七時半だ。ついそのまま二度寝しそうになったが、確認すべきことを思い出し、慌ててリモコンを手にする。よかった。映る。いつもと同じニュースキャスターが朝からさも重大そうにプロ野球の結果を伝えていた。宏史はそれを確認すると安心し、エアコンを稼働させた。やっぱりもう少しだけ寝よう。

昼過ぎに大学に行き、学食で食べてから教室に向かう。最近はいつも月曜日の一、二限をさぼってしまう。このままでは単位が危ない。いくら自分がオリンピックを目指せる位置にいる選手だとしても、あまりに欠席が続けば大学も大目には見てくれないだろう。念願かなってオリンピックに出場した際、大学五年生などと紹介されたら相当恥ずかしい。もう試験も近い。来週からは真面目に出席しよう。

「おそよう」

三限目の講義室に入るなり、そう声をかけられた。

「おはよう」宏史は言葉を変えてそう挨拶《あいさつ》をした。顔を見なくても、声だけで相手が分かる。

「堂々としてるじゃない。二限の『スポーツ心理学応用』だけど、あれ、必修なんだよ」

出入口近くの椅子《いす》に座っていた谷川由香子《ゆかこ》が怒ったようにそう言う。顔を合わせたら説教されるだろうと予想はしていたものの、まさか講義室に入った直後とは思いもしなかった。こちらのことを待ち構えていたのかもしれない。

「やばいのは分かってるよ。残りは全部出席するって」宏史は答えながら相手の横に座った。

「本当に？　さすがに私の声じゃ代返はできないよ」

「ちゃんと来るって」宏史はあくびを嚙《か》み殺しながら返事をする。

「なんだかぼうっとしてるね。寝坊？　夜更《よふ》かししたんでしょう」

「いやいや、健全に早寝したよ」

「どうだか」

「本当だよ。育ち盛りだからいくら寝ても寝足りないんだ」などという宏史の軽口を、彼女はまともに取りあわなかった。

「大学三年も半ばなんだから、そんな子どもみたいな言い訳はもう通用しなくなるよ。他の人は就職活動だって始めてるのに」

「はいはい。すいません」

彼女の健康的な顔立ちをそれとなく観察する。髪を伸ばし始めていることは知っていた。短くしておく必要がなくなったので、ロングヘアにするつもりかもしれない。それに、いくらか痩《や》せた。筋肉量が落ちてきているのだろう。〈普通の女性〉に戻りつつあるのだ。今ならノースリーブのシャツも着られるし、膝上のスカートを穿《は》くこともできる。そんな姿を美しいと思うが、同時に寂しさも覚える。

「ところで、二限のノート、貸してほしい？」

「頼む」宏史は素直に手を合わせる。

「じゃあ、これ。あと、こっちは配られたレジュメね。余分にもらっておいたから」と言って、彼女はノートとプリント用紙を差し出してきた。

「助かるよ。谷川、いつもありがとうな。ノートは後でコピーして、部活のときに返すよ」

「お返しはオリンピックのチケットでいいよ」と谷川が笑う。

「ああ、チケットだけなら約束するよ。俺《おれ》は出てないかもしれないけど」

「もう、冗談でもそういうネガティブなことは言わないの。北村君《きたむらくん》なら絶対出られるって」

「プレッシャーかけるなよ。そんなに神経太い方じゃないんだから」

「知ってる。でも、誰かがハッパをかけてあげないとね。北村君はお尻を叩《たた》かれないと頑張らないタイプだから。久遠コーチに叩かれるよりかは私のほうがまだいいでしょ」と彼女はなおも笑った。

ああ、本当に日常が戻ってきたんだ。谷川と会話をかわしているとそれが強く実感できる。感覚のズレのようなものが少しずつアジャストされていく感覚。自由で孤独な一日が終わり、雑事や人間関係と向き合わなくてはならない日々が再開されたのだ。もちろん谷川と話すのが嫌なわけではない。むしろ逆だ。彼女とこんなふうに軽口を言い合うのは楽しい。要は切り換えの問題なのだ。

四限目の講義を終え、室内プールに向かう。谷川も一緒だ。学科も学年も同じで、部活まで一緒なので、必然的に行動を共にすることが多くなる。一時期ブランクはあったものの、基本的にこれまでの二年半ずっとそうだったし、これから卒業するまでも同じだろう。

プールではすでに練習が始まっていた。各レーンに数名の人間が泳いでいて、久遠コーチの大声が響いている。昨日と同じ場所であるにもかかわらず、何もかも違う風景だ。

体を軽く水に馴染《なじ》ませてからタイムを計った。月曜日の恒例行事だ。タイム係は谷川ともう一人のマネージャー。久遠コーチも後ろからこちらを見つめている。隣のレーンの部員たちは、波が立たないよう一旦《いったん》練習を止めてくれている。ここ数か月、部の中で最も注目を集めていることは自分でもよく分かっている。

谷川の「よーい、はいっ！」の掛け声で飛び込む。深く潜り、一掻《ひとか》き一蹴り。伸びがいい。

このフィーリングならば良いタイムが出そうだと直感で分かる。もう十五年以上も水泳を続けている。自分にとって泳ぐことは呼吸をすることと同義だ。宏史は体の軸がぶれないよう注意しながら掻き進んだ。

「すごい、先週からまたタイムが縮んでるよ！」

ゴールすると、谷川が我がことのように喜び、ストップウォッチを突き出してきた。もう一人のマネージャーのタイムもほぼ同じだ。公式な測定ではないのでコンマいくらかの誤差はあるだろうが、それを差し引いても確かに記録が良くなっている。予感が的中した。胸が激しく上下し呼吸は苦しいが、それでも自然と頬が緩んだ。オリンピックの選考会まであと一年以上ある。それまでにどこまで縮められるか分からないが、代表の椅子が近づいているのは間違いないだろう。久遠コーチが笑顔で近づいてくる。

「北村ぁ、お前、変な薬とか使ってないだろうな」プールサイドで休憩する宏史に向かって、久遠コーチがそんな冗談にもならないような軽口を言い、肩をバンバン叩いてきた。

「使ってないですよ。コーチのご指導の賜物《たまもの》です」いくらかの皮肉を込めてそう答えた。軽蔑の念が顔に出ないように気をつける。

見限っていた選手が息を吹き返したことに久遠コーチが驚き、戸惑っているのは知っている。部員は全員で四十人以上もいて、中には自分よりオリンピックに近かった者だっていた。コーチだって、限られた時間の中で有望な者に力を注《そそ》ぐのは当然だ。だがそれでも、態度の豹変振《ひょうへんぶ》りに腹立ちを覚えないといえば嘘《うそ》になる。

「でも、本当にすごいね。この二か月で一秒以上縮めてるよ。何か秘訣《ひけつ》でもあるの?」ジャージ姿の谷川が話を引き取るようにそう訊《き》いてきた。

「何もないって。これまでの積み重ねの成果だよ」と宏史は嘯《うそぶ》いた。真実を話すわけにもいかないし、そもそも打ち明けたところで信じてもらえないだろう。

「来年の選考会までこの調子で頑張っていこうね。オリンピック、本当に夢じゃないよ」

「ああ。じゃあ、俺は練習に戻るよ」と言い、宏史はその場を離れた。

オリンピックか、と宏史は泳ぎながら考える。高校二年生のときからずっと「五輪候補選手」止まりだった。来年の選考会で良いタイムを出せば、ようやく候補の二文字が外れることになる。一時期はその「候補」ですらなくなっていたことを考えれば奇跡のような状況だ。いずれにせよ、今度が最後のチャンスなのは間違いない。さらに四年後のオリンピックは年齢的に難しい。

昔はオリンピックに強く憧れ、大舞台で活躍する自らの姿を夢想していた。一つの競技を突き詰めようとするならばそれは当然《ま》のことだとも思っていた。しかし、高校生で初めて呼ばれた代表候補合宿で現実の壁を目の当たりにした。ショックだった。競争相手たちのタイムなどは知っていたが、間近で見ると数字以上の違いを感じ取った。体つき、フォーム、ストイックさ、考え方。格も凄《すご》みも違う。一秒未満の差など一般人にはごくごく些細《ささい》なものかもしれないが、宏史にとっては手が届かぬほど高い壁だった。自分の能力ではあそこまで辿《たど》り着けない。それは諦観に近い思いだった。

だが、今は再びオリンピック出場を熱望している。それも昔よりずっと強く。自分のためではない。谷川のためだ。彼女をあの場所に連れて行きたい。もうどんな相手も恐れない。

練習を終え、谷川に声をかける。

「今日、帰りに飯でも食べるか？」

「あ、今日はごめん」

「ん？　片づけ？　手伝おうか」

「いや、それもあるけど、練習メニューの分析レポートをまとめようと思って」

「そっか。じゃあ、しょうがないな」宏史はそれ以上無理に誘うことはしなかった。彼女の今の夢を邪魔したくない。

「ごめんね」

「いや、いいって。また今度」

「うん。また今度ね」と彼女は言い、「あっ、そうだ。明日も一限から授業だからね」とつけ足してきた。

「分かってる。もう寝坊しないよう気をつけるよ」と宏史は笑って手を振り、更衣室に向かった。

しょうがない。代わりに堀《ほり》を誘ってみよう。たしかあいつには一食分の貸しがあったはずだ。それに、水泳にまったく縁のない彼と話すのはいつだって楽しい。宏史はスマートフォンを取り出した。アルバイト中でなければいいのだが。

「おう、宏史。どうしたんだ？」のんびりとした堀の声が届いた。

「今、暇か？　よかったら夜飯を一緒にどうかと思って」

「デートのお誘いか？」彼は笑う。

「そうそう」宏史は適当に相槌《あいづち》を打つ。いつものやり取りだ。

「いいよ。ただ、明日からインターンシップだから、遅くはなれないけどな」

「忙しいなら無理につき合わなくてもいいけど」

「いや、準備はあらかた終わったから、飯に行くのは問題ない。俺も腹減ったし」

「分かった。今、大学を出たから、とりあえずそっち行くよ」

堀の住むアパートは、宏史のそれとは逆方向ではあったが、どちらも大学から自転車で十分ほどしかかからない。

「オーケー。着替えて待っとく」と彼は言い、こう続けた。

「もちろん、谷川ちゃんも一緒なんだよな？」

「いないよ、今日は」

「はっ？　なんだよ」相手は露骨に残念そうな声を出す。

「男二人で飯とか味気《あじけ》ないだろ。今からでも誘えよ」

「誘ったよ。でも、断られた」

「あーあ、遂《つい》に振られたか」

「そんなんじゃない」冗談だと分かってはいるものの、つい宏史はむきになって言い返す。振られる以前に交際すらしていない。

「俺じゃ谷川ちゃんの代わりは務まらんけど、まあ、せいぜい慰めてやるよ」

「だから――」

「じゃあ、待ってるからな」堀はこちらの反論を遮り、一方的に電話を切った。

まったく、と宏史はため息をつく。谷川のことでは毎回からかわれる。それが分かっていても彼女の話になるとどうしても感情が乱れてしまう。堀からしたらそんな姿が面白いのだろう。ただ、三人でいるときには決して軽率な言葉は口にしない。そのあたりはきちんと弁《わきま》えているらしい。まあいい。ともかく夕食だ。宏史は自転車の向きを変えた。

＊

一週間が過ぎ、また「あの日」がやってきた。

宏史は自ら決めたルールに従い、やるべきことを淡々とこなしていく。最初は新鮮だった経験も、何度も繰り返していれば当然陳腐化していく。だからこそ規律が必要なのだ。そうでなければ無益に一日を終えてしまうことになる。慣れとだれは違う。宏史は、常に自らを律し続けられるほど強い人間ではないと自覚しているが、タイムを更新できるのであればどんな努力だってできる。それに、良い記録が出れば谷川の笑顔が見られる。

いつもどおり一人でプールに入る。今日はすぐに泳ぎ出さず、仰向《あおむ》けの体勢で何もせずにプカプカと水に浮かんでみた。目に映るのは薄暗い天井だけだ。水の中が一番落ち着く。孤独や正体不明の後ろめたさもこのときだけはプール全体に稀釈《きしゃく》される。

三か月前のある日のことだ。日曜日に眠り、翌朝目が覚めたら月曜日ではなかった。

当然、最初は月曜日だと思い込んでいた。日曜日の翌日なのだから当たり前だ。生まれてから二十年間ずっと変わることのない法則だった。しかし、それが理由も説明もなく突然崩れた。

顔を洗おうと洗面所に向かったが水が出ない。テレビを点《つ》けようとしても電源が入らない。ブレーカーが落ちているのかと配電盤を確認したが、異常はなかった。スマートフォンを手にすると、電波が届いておらず、通話やＳＮＳもできなかった。そもそも外から何の物音もしないのがおかしい。目覚まし時計や腕時計は「生きている」が、室内で動き続けているのはそれだけだった。おかしい。なんらかの非常事態が起きているのは間違いない。だが、それが何だか分からず宏史はひどく混乱した。

着替えを済ませ、一応授業のテキストをバッグに詰めてアパートを出た。自分が立てる音以外何も聞こえない。無音すぎて逆に耳が痛くなるほどだ。道路に出ても人影はおろか、走行する車も見つけられなかった。今は朝の八時だ。住宅やアパートが並ぶこの辺りで人っ子一人いないというのはありえない。

昨夜のうちに戦争が勃発《ぼっぱつ》し、住人は全員どこかに避難したのかもしれない。そういえば、昨日は部活で疲れ果て、帰ってきてからテレビすら見なかった。もしかしたら本当に。いや、そんな突拍子もない妄想は止めよう。これまで戦争の気配などどこにもなかった。いくら世情に疎《うと》いとはいえ、この情報社会の中でそんな大事《おおごと》を知らずにいられるはずがない。それに、それでは雀《すずめ》の姿さえ見当たらないことに説明がつかない。

天気は良く、春の爽やかな風が通っている。そんな中、自分以外誰もいないという状況はどう考えても異常だった。焦りや不安はあったが、どうにも現実感が湧いてこない。

夢なのだろう、と宏史は思った。それ以外の可能性が思いつかない。すべてが鮮明でリアリティがありすぎるが、それでもこれは夢でしかありえない。

先日の出来事がショックで、それがこのような形で現れたのかもしれない。しかし、夢の中で分析しても仕方ない。どうせ忘れてしまう。この世界の中なら何をしても構わないのだろうが、しばらく頭を捻《ひね》っても、したいことは特に思い浮かばなかった。せめて他に人間がいれば違うのだろうが、登場人物が自分一人では何もできない。

宏史はアパートの部屋に戻り、再度部屋着に着替えた。横になろう。疲労がまだいくらか残っている。楽しくもない夢ならば、早く覚めてほしい。月曜日が待ち遠しいわけではないが、この何もない世界よりかはマシだ。

眠れない。

疲れは確かに蓄積されているのに、どうしても眠気《ねむけ》が訪れない。仕方ないので一時間ほど携帯ゲーム機で遊んだ。どうやら電池や充電で動くオフラインな物は止まっていないようだ。しかし、ゲームをプレイしてもどうにも楽しめなかった。早く目が覚めてくれればいいのに、そんな気配は微塵《みじん》も感じられない。

しばらくして、思い立って再度外に出た。どうせなら少し探索してみようと考え直したのだ。部屋にいてもすることがないし、空腹を覚えたせいもある。冷蔵庫にはろくな食べ物は入っていない。いや、そもそも冷蔵庫も停《と》まっている。

自転車に乗り、まずは大学まで行ってみることにした。道路はすべての信号が消えたままで、中央を走っても轢《ひ》かれる心配がない。しかし、大学は休日同様正門が閉められ、中に教職員がいる様子もなかった。警備員の姿さえ見えない。

何か買おうと、コンビニエンスストアに行くが、自動ドアも反応しないので手で押し開けた。当然無人で、照明の落ちた薄暗い店内はいくらか不気味でもあった。何十回と通った店なのに、今はまるで違う顔を見せている。営業していないコンビニエンスストアというものはこれほどまでに異様なものなのかと宏史は驚いた。

空調も点いていないため、ジュースやデザートが常温になっている。電気がきていないということは電子レンジは使えないし、カップラーメンを食べようにも湯を沸かすことすらできない。消去法で考えると、パン類くらいしか残らなかった。防犯カメラも動いていないようだったが、盗んだと思われるのも嫌だったので、レジの上に五百円玉を置いて店を出た。

近くの公園で食事を取る。動きが確認できるのは、太陽と風、そして自分自身くらいのものだった。漠然とした不安感はまだ残っているが、時間が経《た》ち、この状況をいくらかは楽しめるようにもなってきた。とても自由で、とても開放的だ。今、この瞬間は何にも束縛されない。叶《かな》う見込みのない遠大な目標に頭を悩ませる必要もない。

結局、どこまで行っても人に会うことはなかった。百貨店や映画館など人が集まりそうなところに足を運びもしたが、結果は変わらない。夢がそういう設定になっているのならば当然だろう。無意識とはいえ自分で定めたルールだ。そんなに孤独を望んでいるとは自分自身意外ではあったが、ともかく夢の中でそれを破るような出来事は発生しないはずだ。

夕方になると急に空が暗くなってきた。街灯や家々の灯《あか》りが一切ないので、いつもより何倍も濃く闇が風景に滲《し》み込んでいく。自転車灯の頼りない光など簡単に呑《の》み込まれてしまった。木々が揺れる音やライトが映す壁などの一つひとつに宏史はびくついた。

部屋に戻ると、普段は飲まないようにしているビールを口にした。帰路、別のコンビニエンスストアから持ってきたものだ。生ぬるいビール数本と適当なつまみを飲み食いしているとすぐに眠くなってきた。久しぶりのアルコールだからだろう。頭がくらくらする。宏史は歯も磨かずに布団に横たわった。

朝、目覚まし時計のアラームで目が覚めた後、一番にスマートフォンとテレビが復旧していることを確認した。いつもどおりに戻っている。宏史は安堵《あんど》した。間違いなく月曜日だ。長く奇妙な夢だった、と胸をなで下ろした瞬間、ありえないものが目に入った。飲み干したビールの缶だ。

窓を開け、外を見る。ときおり車が通り、人間の往来もある。近隣の生活音や雀の鳴き声も聞こえる。いつもと同じ春の日常だ。では、この床に転がっている物は何だ。宏史は愕然《がくぜん》とする。口の中が粘ついていた。

宏史は昨日以上の深い混乱に襲われた。携帯ゲーム機を起動させると、夢の中でやったところまで進んだ状態でセーブされていた。

こんなことありえない。何が起きているのだ。

いや、異常なのは今日じゃない。昨日だ。あれは夢ではなかったということなのか。しかし、一昨日《おととい》が日曜日で、今日が月曜日というのならば、昨日はいったい何曜日だったのだ。閏年《うるうどし》のような新しい日にちが制定されたのだろうか。いや、そうだとしても人も動物もいなかったのは説明がつかない。どれだけ考えても原因や理屈が分からなかった。

実家に電話しようかとも思ったが、親元を離れた息子の頭が狂ったと心配させるのも嫌だったし、顔を合わせずに口頭であの状況を十全に伝える自信もなかった。今は大学どころではなかったが、とにかく向かうことにした。あそこに行けば友人たちに会える。

「すごい汗かいてるけど、どうしたの？」

キャンパスで谷川と鉢合わせした。我が身に起こったこととは別に、先週末に彼女が発した言葉の衝撃がまだ残っていた。よりによって最初に会うのが彼女だなんて。

「いやちょっと」と宏史は言葉を濁し、何と説明すべきか頭を回転させた。さすがにありのままを話すわけにはいかない。

「大丈夫？　何か変だよ。気分でも悪いの」

「大丈夫だって。ちょっと変な夢を見て、寝覚めが悪いだけだよ」

少しの間《ま》が空く。お互い口に出すべき事柄とそのタイミングを計っていた。

先に言葉を発したのは谷川だった。

「――土曜のこと、分かってはいても、やっぱりびっくりしたでしょ？」彼女はどこか申し訳なさそうな顔をしていた。

「いや、まあ。……少しは」宏史は歯切れ悪く答える。

「電話でも言ったけど、みんなの前で喋《しゃべ》った言葉どおりだからね。嘘もごまかしもない、あれが今一番素直な感情。北村君は変に考え込む必要なんてないよ。もしかしたら、私がプールにいること自体迷惑かもしれないけど」

「迷惑なんかじゃない」と宏史はすぐに否定した。やはり自分のくだらない夢の話よりこちらのほうが比べものにならないほど重要だ。彼女の復帰の件を先送りにするわけにはいかない。

「谷川が決めたことに反対なんてしない」

「でも、土日は練習に集中できなかったでしょ、正直なところ」

「それは最初だからだって。すぐに慣れるよ、たぶん」

「本当？」彼女はこちらの目を覗《のぞ》き込むようにそう訊いてきた。その純粋で、すがるような視線に宏史はどきりとする。

「ああ、本当だって」

「よかった」と谷川は笑った。

「私は自分の新しい目標を見つけたけど、それが北村君やみんなの邪魔になるようなら、やっぱり止めておこうかとも考えてたから」

「気にしすぎだよ。みんな、谷川とまた会えて喜んでたよ。そりゃ、最初は多少動揺したかもしれないけどさ。久遠コーチだって許可してくれたんだろ。とにかく、谷川が自分で決めたことなら、誰も邪険になんかしないよ」

「うん、ありがとう」

ぎくしゃくしていた雰囲気がプールに溶ける塩素剤のようにほぐれていく。これまでの辛《つら》かった時間などもう気にならない。彼女は一番に話したくて、自分を待ち構えていたのだろう。その気持ちを思うと胸が熱くなったし、練習後に逃げるように帰った自らの行動を恥じもした。彼女の目標をサポートできるなら何でもする。オリンピック出場までの道のりはあまりに遠いが、もう諦めることはしない。

「──それはそうと」と言って宏史は一度言葉を切った。「つい最近、何か変なことってなかった？」緊張が緩んだついでにそう訊いてみた。

「変なことと？　私がマネージャーとして復帰したこと以外？」

「部活とかは関係なくて」

「ん？　どういうこと？」

「えっと、具体的に言うと、昨日のことなんだけど、変な一日じゃなかったか？」

「昨日？　ううん、特に何もなかったけど。北村君は何かあったの？」

「いや、何もないならいいんだ」と宏史は言葉を切った。

「意味が分からない」

「悪い。妙なことを訊いて。あんまり気にしないでくれ」宏史がそう謝ったところでチャイムが鳴り、教員が講義室に入ってきた。

その日のうちに他の友人や部活仲間にもそれとなく訊いてみたが、答えは同じだった。堀もそうだ。誰もあの「空白の一日」を経験した者はいない。やはり夢だったのだろうか。いやしかし、それではビールやゲームの説明がつかない。堂々巡りで頭が痛くなってきた。

その後、空き時間にインターネットや大学図書館でいろいろと調べてみたが、あのような現象に関係しそうな内容は見つけられなかった。だが、事実なのだ。誰に説明してもおそらく理解してはもらえないだろうが、あの一日は実際に存在したのだ。

もしかしたら、現在も含めていまだすべてが夢である可能性もある。ふと、そんなことを思いついた。だが、何もかもを夢の一言で済ませてしまっては進歩がない。あくまで現実の問題として捉え、対処していくべきだろう。

あるいは、精神的な問題かもしれない。夢遊病や多重人格に関しても簡単に調べてみたが、どうにも自分にはあてはまりそうになかった。

混乱した頭を抱えながら一週間が過ぎ、日曜日を終えると、またその日がやってきた。

驚きはしたが、前ほど動揺はしなかった。心のどこかに「もしかしたら」という思いがあったのだ。いや、むしろ歓迎するだけの余裕さえ生まれていた。この奇天烈《きてれつ》な現象が今回で終わりなのか、しばらく、あるいは永劫《えいごう》続くのかは分からない。しかし、どうせなら楽しもう。夢ならそれでも構わないし、現実なら幸運だ。他人より一日多く使えるのであればせいぜい有効に使おう。そんなふうにポジティブに切り換えることができた。

銀行に侵入してお金を盗む。渋谷のスクランブル交差点で寝ころがってみる。高級車を運転してみる。やってみたいことを考えたが、思いついたのはせいぜいそれくらいだった。しかし、犯罪行為に手を染める気にはなれなかった。この「八日目」はまったく独立した一日というわけではなく、日曜日と月曜日の間としてきちんとリンクしているようなのだ。盗みをすれば、月曜日にその事実が残る。巧妙にやれば犯人とばれることはないかもしれないが、そんな危険でくだらないことに時間を費やすのはもったいない。

自分がやるべきは、やはり泳ぐことだ。人が週に七日しか練習できないところを八日できるのだ。仮にこの日がずっと続くのであれば一年間に五十日以上も多く泳げることになる。コンマ一秒でもコンマ二秒でも縮められればいい。谷川のためにオリンピックを目指す。彼女の決心を聞いてから固めた覚悟だ。違法行為などしている場合ではない。お金より欲得より、なにより五輪出場を求めている。現時点では到底不可能な目標だが、それでも気持ちにぶれはない。そうして八日目の使い方が決まった。

予期していたとおり、さらにその翌週も八日目が発生した。なぜ自分にだけこのようなことが起きているのか、その原因は謎のままだったし、いつまで続くかも不明だったが、続く間は最大限有意義に使うことに決めた。

＊

「最近、本当にすごいよね。どうしたの？」座敷の向かいに座る谷川がお好み焼きを作りながらそう訊いてきた。豚肉やソースが鉄板で焼かれ、香ばしい匂いが漂う。周囲の客たちはビールや酎ハイを飲み、大きな声で盛り上がっている。

「別に変わったことはしてないって。自分だってびっくりしてるよ」と宏史はとぼける。

「この頃、タイムがえらく良いらしいな」堀が隣から口を挟んでくる。インターンシップを終えた余裕からか、いつも以上にリラックスした顔をしている。

「実力、実力」と堀に対しては軽口で答える。

「昔に比べたら練習態度がすごい真面目にはなったけど、それだけでこんなに伸びるものなのかな？」

「なんだ、前は適当に泳いでたのかよ」堀が再び割って入ってくる。

「適当じゃない。それなりにはやってたよ」

夏の終わりが近づいてきても、八日目のことはいまだ誰にも打ち明けていなかった。どう説明しても信じてもらえないだろうし、こちらだって証明のしようがない。軽々しく話してしまったら魔法が解けてしまうのではないかという根拠のない不安もあった。だが、タイムに関して自分自身驚いているのは嘘ではなかった。自主練習の効果がここまで覿面《てきめん》に表れるとは思ってもみなかった。あの一日は、練習の密度が何倍にもなる秘密でもあるのだろうか。

「はい、焼けたよ」谷川がヘラを渡してきた。

「サンキュー。谷川ちゃんは相変わらず手際がいいよな」堀が褒めそやす。

「普通、お好み焼きを焼くのは男の子の仕事なんだよ」谷川はそう言って口を尖らせる。

「でも、おいしく作れる人がやったほうがいいじゃないか」と宏史。

「そうかもしれないけど――」

「感謝してますって。熱いうちに早く食べよう」そう言って宏史は箸を手にした。

ときどき谷川と一緒に外食に行く。堀が余計についてくることもあるが、彼がいれば場がさらに明るくなるのもまた事実だった。部活内で二人の関係がどう噂《うわさ》されているかは知らないが、別に構わない。きっと彼女もたいして気にしてないだろう。

「二人はビール飲んでいいんだぞ」大盛りの豚玉を頬張りながら宏史は言う。

「いいよ、別に。そんなにアルコールが好きってわけでもないんだし。それに、連れが我慢してお冷《ひや》しか飲んでないのに、これみよがしにお酒を飲むなんてできないよ。ねえ、堀君」

「そうそう、気にすんなって。俺たちは二人だけのときに別に楽しむから」

「お前はいつも一言多い」と宏史は顔を顰《しか》めた。堀はわざとそういう冗談を口にするのだ。

三人で二時間ほど卓を囲み、いろいろな話をした。共に履修している共通科目のこと、最近読んだ小説、ドラマ、他人の恋愛模様。皆、リラックスし、明るい笑い声が響く。五か月前だったら絶対にありえない光景だろう。

深夜のバイトが入ってるから、と言って、堀が一番に席を立った。もしかしたら気を利かせたつもりなのかもしれないが、じゃあ私も、と言って谷川まで帰ってしまった。まあ仕方ない。宏史は一人帰路についた。

谷川とずっと一緒にいられたら、と思うことがよくある。しかし同時に、そんな感情を抱く自分に怒りを覚えもする。彼女の将来を奪ったのは自分なのだ。本来なら顔向けなどできるはずもない。今以上の関係を望むなど傲慢《ごうまん》だ。

谷川とは高校二年からの知り合いだ。最初に顔を合わせたのは大阪で行われた日本代表候補合宿だった。同い年で、専門種目も同じだったし、そのときが初合宿であったことまで一緒だった。オリンピック経験者やベテラン候補たちの泳ぎに圧倒され、委縮しきっていた二人が仲良くなるのはある意味必然だったのかもしれない。

本当に実力のある選手は小学生の頃からずっとこの手の合宿に呼ばれている。途中から入り込んでくるのは、その時期に急激にタイムを伸ばした、いわゆる「ぽっと出の選手」だ。そんな新参者は、数年も呼ばれ続ければ良いほうで、多くはすぐに新しい選手に取って代わられる。二軍、あるいは「お試し枠」としか捉えられてないのだ。

合宿には種目や距離ごとに六、七名の選手が集められ、総勢で三十名ほどになる。コーチ陣も優秀な人材が揃《そろ》っている。最新の科学的トレーニングが取り入れられ、最上級の施設を利用することもできる。だが、それらはすべて「真の代表候補選手」のためであり、決して宏史や谷川のような者のためではなかった。

だが、それは仕方ないことなのかもしれない。トップの選手との間にはあまりにも大きな隔たりがある。どのような分野でも、よく「あの人は才能がある」などというフレーズが褒め言葉として使われることがあるが、それは正しくない。実際には才能というものはいくつもの階層に分かれているのだ。自分にも水泳の才能が多少はあるのかもしれない。しかし、トップの選手はさらに二つも三つも上位の階層に立っている。努力だけでは決して埋められない差だ。

谷川と二人で愚痴のような、慰め合いのような言葉をかけあいながら三日間の合宿を乗りきった。自信を失い、敗北感や惨《みじ》めさばかりを得ただけの合宿だった。良かったことといえば、彼女と知り合えたことくらいのものだった。

谷川は関東在住で、宏史は九州だったので、顔を合わせるのは代表候補合宿か全国大会くらいしかなく、せいぜい年に三、四回程度だった。それでも会うと、いつも向こうから明るい笑顔で話しかけてきてくれた。それがどれだけ励みになったか分からない。気取らない、さっぱりとした彼女の性格にいつも救われていた。

似たような立ち位置でも、彼女は諦めることなく真剣にオリンピック出場の夢を持ち続けていた。だが、宏史は候補選手の枠から振り落とされないためだけに努力しているようなものだった。こちらがタイムを縮めれば、上の選手たちも縮めてくる。それどころか、外国の名だたる選手たちは大きな大会ごとにワールドレコードを更新してもいる。そんな進化の速度に追いつき、追い越せるとは到底思えなかった。候補合宿に呼ばれれば谷川に会える。宏史にとってはほとんどそれだけが楽しみだった。

あのままいけば彼女は本当に夢を実現させていたかもしれない。才能の壁を不断の努力でじりじりと登っていたのだ。高校三年のときは、本当にもう少しで代表選手の背を捉えるところまで近づいていた。残念ながらそのときは惜しくも選から漏れたが、上の選手が引退したこともあり、次のオリンピックは射程圏内に収められる位置にまできていた。

二人が同じ大学に進学したのは偶然ではない。どちらもスポーツ推薦で、高校三年の途中でお互いの進路のことは連絡しあっていたので驚くことはなかった。水泳に対し本格的に力を入れている大学は、全国でいくつかしかない。最初から一緒になる可能性は高かったのだ。それでも、四年間を同じキャンパスで過ごせると決まったときはやはり嬉しかった。

だが、部活動での二人の扱いはずいぶん違った。向こうは期待の選手で、こちらは落第寸前なのだから当然といえば当然だ。宏史は割り切ろうとしたが、やはりそう簡単に済ますことはできなかった。開いてしまった差を認めるのは苦しい。彼女は変わらぬ姿勢で接してくれたが、それが余計に辛くもあった。入学してから半年間で少しずつ距離が離れ、話をする機会も徐々に減っていった。こんなつもりじゃなかった。これならば高校時代のほうがよほど良かった。

ただ、矛盾《むじゅん》しているかもしれないが、彼女がタイムを更新していくこと自体は嬉しかったし、陰ながら応援してもいた。タイムが落ちることを望みなどしない。彼女がオリンピックに出られるなら、全力で応援するつもりでもあった。

すべてを台無しにしたのは、他ならぬ宏史自身だった。

一か月後にバルセロナで開催される世界選手権のため、静岡で行われた三月の代表合宿。谷川は充実の四日間を過ごした。いつも笑顔の彼女ではあるが、今回は特に輝いているように映って見えた。コーチたちが声をかける回数も明らかに増えていた。

そんな彼女の姿が眩《まぶ》しくもあり、同時に妬《ねた》みのようなものを感じてもいた。そんな醜い感情を悟られたくない。合宿には呼ばれたものの、誰にも相手にされない宏史は陰に潜むように日々を過ごした。どうせ今回も候補で終わり、スペインに行くことは叶わないのだ。

最終日には地元の子どもたちに対し臨時スクールを開くことになっていた。水泳協会は地域貢献などと謳《うた》っているが、真の目的は話題作りだ。地味な合宿はニュースになりづらくとも、こういう形であればマスコミも取り上げやすい。どこで合宿を行っても同じようなことを実施している。毎回、数名の選手が指名され、数時間子どもたちと触れ合うことになる。今回はすでに名の売れている選手二名と谷川、そして宏史がコーチ役を担うよう指示された。

さすがに気が乗らなかった。カメラマンは有名な選手を中心に画を撮るだろう。それに、谷川にも注目が集まるはずだ。彼女の整った顔立ちや明るい性格は、すでに水泳ファンの中では有名になっている。正式に代表に選ばれれば一気に人気に火がつく可能性だってある。そんな中で、自分一人が割を食うのはやはり愉快なものではない。宏史の指導に割り当てられた子どもたちが「あっちがいい」と不満を口にする姿も容易に想像できた。

「すみません。ちょっと体調が悪いので、他の誰かに代わってもらえませんか？」

宏史がコーチの一人にそう申し出ると、相手は露骨に嫌な顔をした。子どもたちはもう到着し、着替えを始めている。確かに今突然言われても困るだろう。だが、宏史としてもそんなことは分かった上での発言だった。

「他の選手たちはもう荷造りを終えているんだ。飛行機や新幹線の便も決まっている。今さら無理だって。なんでせめて朝の時点で言わないんだよ」

「すみません」宏史は再度謝る。「さっきから少し熱が出てきたみたいで」

「そう言われてもさ。今回はテレビカメラもかなり入るんだし、ちょっとくらいなら我慢してくれよ」コーチは怒るようにそう言った。主力選手であれば絶対に無理はさせないだろう。期待されていないことを自覚していても、さすがに腹立ちを覚える。誰が参加するものか。最初はそこまで強い感情ではなかったが、今は半ば意固地になっていた。

出られない、出てくれ、と廊下で押し問答を続けていると、偶然谷川が通りかかった。

「北村君、体調悪いの？　それならいいよ。私がその分、子どもたちの面倒見るから」彼女はこともなげにそう言った。

「いや、それは悪いよ」彼女に負担はかけたくない。

「いいっていいって、それくらい。私は弟がいるから、一人っ子の北村君より子どもの扱いに慣れてるし」彼女は笑う。

「でも――」

「本当にいいって。その代り、今度ご飯でもおごってね」と言って彼女はなおも笑った。その様子はいつもと何も変わらず、変に意識して避け続けていた自分が恥ずかしく思えた。

そして、事故が起こった。

最初は順調に子ども教室のメニューが消化されていったが、途中で数名が集中できなくなってきた。本来はそういった教室には、地元のスイミングスクールできちんと事前指導を受けた子どもが参加するのだが、この日に限っては人数が集められず、近くの小学校から適当に見繕ってきていたらしい。

選手たちの指導に従わない子が一人、二人と増え、勝手に遊びだした。しかし、マスコミはすでに充分な映像は取り終えていたので、途中で打ち切るなら、それはそれで問題はなかった。

他の選手が引き上げようとする中、谷川だけはなんとかレッスンを最後まで続けようとした。もともと根が真面目なのだ。そして、プールサイドを駆け回る子どもたちを諫《いさ》めようと追いかけ、濡れた床で転倒した。

アキレス腱断絶。足首と踵骨《しょうこつ》の粉砕骨折。全治六か月。

転倒し、悲鳴を上げ、コーチ陣に担がれ運ばれる一部始終がカメラに捉えられた。宏史はその出来事を宿舎の一室で聞いた。谷川はすぐに病院に搬送され、宏史は会うことも叶わず半ば強制的に東京に戻された。谷川が転倒したことはスポーツニュースで放送され、後日発売された水泳雑誌でも大きく取り上げられた。

自分のせいだ。

自分が素直にコーチ役を引き受けていればこんなことにはならなかった。適正な人数で指導していれば、子どもたちをコントロールできたはずだ。宏史は嘔吐《おうと》するほど自責の念に苛《さいな》まれた。彼女に電話をしたがつながらず、何度メッセージを送っても返事は戻ってこなかった。どこに入院しているのか代表のコーチに訊いても、大学に聞いても、誰一人として教えてくれなかった。どうしたらいいのか分からない。水泳どころではなかった。とにかく会って謝りたかったし、何より彼女の顔を一目でも見たかった。だが、それはどうしても叶わなかった。

谷川が大学に現れたのは事故から三週間経った、新年度開始後だった。松葉杖《まつばづえ》をつき、足には痛々しいほど白いギプスが装着されていた。しかし、遠めに見える彼女の表情は意外なほど明るく、口調もしっかりしていた。心配そうに寄ってくる女友達に対し笑顔で応えている。ただし、宏史の存在に気づいているにもかかわらず、こちらには一切視線を向けようとしなかった。

「……谷川、大丈夫か？」宏史は女友達の輪に割って入り、そう訊いた。尻込みなどしていられなかった。

「——うん。まあ」彼女は視線を落とし、頷《うなず》いた。一瞬にして表情から偽りの元気が消えた。

「電話もメッセージも返事くれないから心配したんだぞ」

「——ごめん」

「あのときのことを……謝りたい」

「いいよ。別に北村君が悪いわけじゃないから」それだけ言うと、彼女は避けるように背を向け、松葉杖をつき、友達と歩いていった。

　選手生命が絶たれた、と本人が感じているのは明らかだった。医師からどのように言われたのだろう。傷が癒えても前のようには泳げないということなのだろうか。コンマ何秒の世界だ。僅《わず》かなハンデが致命傷になる。少なくとも、彼女の心が折れてしまったのは、短い会話だけでも明らかだった。病室でどれだけ泣いただろう。どれだけ自分のことを恨んだだろう。想像するだけで頭がおかしくなってしまいそうだった。

　三日後、練習開始前にミーティングが開かれ、久遠コーチが谷川の退部を告げた。コーチの声も沈んでいた。金の卵を失ったのだ。落胆は大きいだろう。宏史は、自分も競技を辞めるべきだと考えるようになった。

谷川は大学を退学まではしないようだったが、明らかに元気が失われていた。怪我《けが》からある程度回復し、ギプスが外れても、どこか体の一部を引きずっているようにさえ見える。水泳部を辞めたということは、特別奨学金も停止になるはずだ。アルバイトを始めないといけなくなるのかもしれないし、一人暮らしもできなくなるかもしれない。水泳だけに集中していればよかった環境から、何もかもが一変することになる。

彼女と話がしたかった。もう一度きちんと謝りたかったし、避けられ続けるのが耐えがたいほど辛くもあった。こんなことになって初めて、彼女が自分で考えていた以上にかけがえのない存在であることに気づかされた。

それでも、スマートフォンを手にすると、手が震え通話ボタンを押すことができなかった。何日間も悶々《もんもん》と苦しみ、思考は堂々巡りを続けた。どうしても一歩先に踏み出せない。そんな情けない態度を、堀は本気で怒り、叱《しか》ってくれたが、それでも発奮することができなかった。

一年生のとき、教養科目で隣の席になった縁で堀と知り合った。谷川も同じ科目を履修していて、学部は違えど最初から三人は気があった。

怪我の後、堀は物怖《ものお》じせずに彼女に近づき、なんとか元気づけようとした。だが、反応は芳《かんば》しくなかったらしい。作り物の笑顔でそれとなく追い返されたという。

「今、お前が動かなくてどうする。お前の恥とか恐怖なんかより、谷川ちゃんのことのほうが大事だろうが。俺じゃ駄目なんだよ」と堀は電話口で怒鳴《どな》ってきた。そんなことは分かっている。だが、どうしても電話はかけられなかった。

もう終わりなのかもしれない。谷川も、自分も。宏史は水泳に対する意欲を失いつつあった。タイムは落ちる一方で、久遠コーチはもはや怒鳴りもしなくなった。そもそも、部で一番のホープを潰した張本人だ。指導なんてしたくもないだろう。

そんな折、突然谷川から連絡があった。五月末のことだ。発信者の名を確認すると、宏史は動揺してしまい、すぐには出られなかった。それでも、呼吸を整え電話に出た。

「……もしもし」緊張した声が届く。少しよそよそしく響くが、間違いなく彼女だった。

「もしもし」こちらの声も強張《こわば》っているはずだ。

「久しぶり。……って言っても、大学でお互い顔はよく見かけてるけどね」

「あ、ああ」宏史は頷いた。

「今日はね、一つ報告があって電話したの」

極度の緊張で言葉が出てこない。できることならば目をつむって通話を切ってしまいたいほどだった。しかし、そんなことできるはずもない。

「——私、指導者を目指すことにした」

「えっ？」急なことに宏史は混乱した。予想していた言葉とまったく違う。

「アスリートとしてのキャリアがあんな形で終わってしまって、さすがにめげた。いや、めげたなんて言葉じゃ表せない。水の枯れた深い井戸に突き落とされたような気持ちだった。光は遠く、小さく、どうあがこうと絶対にもう地上には出られない。そんな感じ。本当にひどい状態だった。北村君にもみっともない姿を見せちゃったよね」

「いや、そんなことは――」

「でも、頭だけは動いてた。ずっと考えて、考えて、考え抜いた。そして、やっぱり私は水泳から離れられないって気づいた。当然だよね。小さい頃からそれしかしてこなかったんだもん。今さら急に生き方は変えられない。

指導者として子どもたちに水泳の素晴らしさを伝えたい。いつか自分の下からオリンピック選手を出してみたい。他の人が聞いたら、砕けた夢の残骸だって笑われるかもしれない。哀れむ人もいるかもしれない。でも、それでもいい。体面を気にして、この気持ちさえ捨ててしまったら、絶対に悔いが残るだろうから。

昨日、久遠コーチに相談して、とりあえずマネージャーとして使ってもらえることになったの。向こうは渋々って感じだったけどね。拒否できないよう褒めたり、すかしたり、脅したりけっこう大変だったんだよ。『コーチのご指導を間近で見て勉強したいんです』とか心にもないことを言ったりして。

マネージャーをしながらいろいろなことを学ぶつもり。これまでと違った場所から水泳を見つめ直すの。今は大学院にも行きたいと思ってる。もっと真面目に勉強して、トレーニング理論を学びたい。

明日、久遠コーチから発表があるはず。たぶん、みんな驚くでしょうね。困惑する人もいるだろうし、迷惑だと思う人もいるでしょう。風当たりは強いかもしれない。それでも、私はやるって決めたの。我が強い女は嫌われるでしょうけどね。

このことを、北村君には先に知ってもらいたかった。明日、突然びっくりさせたくなかったし、目の前で嫌な顔をされたりしたらやっぱりちょっと悲しいから」

「嫌な顔なんてしない」北村はすぐさま返事をする。

「ありがとう。北村君はそう言ってくれると思ってた。でも、それでも怖かった。だから、こんな大事な話を電話で済まそうとしてる。私ってつくづく弱い人間だって思い知った」

「そんなことはない」弱いのはこちらのほうだ。

「いいの。とにかく、話はそれだけ。じゃあ、明日ね」そう言い彼女は電話を切ろうとした。

「ちょっと待ってくれ。……あのときのこと、ちゃんと謝らせてほしい」宏史はそう引き留めた。

「もういいって」と彼女は少し笑った。無理して笑っているのが痛いほど分かる。

「でも――」

「北村君に責任はないって。それより、最近タイムがひどいらしいじゃない。コーチから聞いたよ。今度の代表候補からも名前が外れたって。気に病んでリズムを乱すくらいなら、逆に発奮材料にしてよ。そうすれば、『自分の下からオリンピック選手を出す』っていう夢が何年も、何十年も前倒しにできるんだから」

「いや、俺は――」

「ともかく、明日からまたよろしくね。私でよければ、ろくに指示も出さないコーチに代わって特別メニューを組んであげるよ。あっ、そうだ。時間ができたら、堀君と三人でご飯を食べに行こうよ、久しぶりに。彼にもずいぶん失礼な態度を取っちゃったから」

そう言うと、こちらの返事も待たずに、今度こそ電話を切られた。

谷川。

彼女のためにオリンピックに出る。宏史の中でなによりも強い意志が生まれた瞬間だった。

*

十月、国内大会が北海道で行われ、宏史は自己新記録を更新した。八日目の練習の成果だ。だが、上位はさらにそれを追い越してきた。自分より格上の三人が示し合わせたようにタイムを伸ばし、宏史は四位に終わったのだ。二位は日本新記録で、さらに一位は世界記録に肉薄していた。

予想外だった。衝撃だったし、狼狽《ろうばい》もした。壁を登ったつもりが、そこにはさらに高い壁がそびえ立っていた。生まれかかった自信をへし折られた気持ちだった。随行した久遠コーチは記録を褒めることもなく、帰路も終止不機嫌で憮然《ぶぜん》としていた。

　これまでに比べれば差は格段に縮まった。それでも半年後、一年後に彼らを追い抜けるという保証はどこにもなかったし、なにより宏史自身、そのイメージがどうしても持てなかった。同じ種目、同じ距離の代表は二人しか選ばれない。団体競技と違い、水泳は純粋にタイムだけで選考される。だからこそ厳しいのだ。

　このままでは勝てない。焦りは大きかった。どうすればいい。一日の練習量を増やしたところで、これ以上は過負荷になるだけだろう。

　コーチを変えれば劇的に変わる可能性はあるかもしれない。大学を辞め、どこか別の指導者に教えてもらうことも真剣に検討した。だが、そんなことをしても周囲の不興を買うだけで、誰も受け入れてくれないことは分かりきっている。水泳の世界はそれほど広くない。

　八日目の練習を、さらに集中して打ち込んだ。だが、まだ足りない。焦燥《しょうそう》とも飢餓《きが》感《かん》ともつかない感情が宏史の全身を駆け巡る。どれだけ泳いでも満足感を得ることができない。このままでは体が壊れると理解できているものの、一人のときはいつまでも練習を止めることができなかった。

　翌日、訪れたのは月曜ではなく「九日目」だった。

　前日と同じ静寂、停まった電気、死んだスマートフォン。八日目かと混同しそうになるが、そうでないことは心のどこかで分かっていた。さらなる時間を求める強い気持ちが具現化したとしか思えなかった。

動揺が鎮《しず》まるまでしばらく時間がかかったが、その後は嬉しさがじわりと込み上げてきた。これで一年が他の選手より合計百日も多くなったことになる。練習効果の高いこの空白の日が増えれば、さらにタイムを縮められる。宏史は嬉々としてプールに向かった。

だが、さらに翌日が「十日目」だったことで、感情が一転した。

目覚めた瞬間、体が震えた。まるで写真のネガとポジが置き換わるように一瞬で恐怖に見舞われた。ここまでは想定していなかった。いつになったら日常が戻ってくるのだ。このまずっと戻れない可能性を想像すると、強烈な不安に苛まれた。練習どころではない。宏史は布団に潜り込み、祈りながら時間を過ごした。

幸い、次には月曜日がやってきた。深夜〇時、日付が変わるとき明らかに空気感が変わったのだ。錯覚でないかと急いで窓を開ける。夜の街に耳を澄ませると、音が帰ってきていた。街灯も点いているし、向かいのアパートに人影も見えた。スマートフォンやテレビも確認した。間違いない。宏史は声をあげて喜んだ。

次の週がどうなるのか不安でならなかった。自力ではどうすることもできない事象なのだ。願望が通じるのであれば、空白の日は二日程度が望ましかった。食事の問題があるし、なによりそれ以上は精神がひどく不安定になる。

しかし、願いも虚《むな》しく空白は増えた。次は四日間だった。加速度的に増えている。こんなにはいらない。神だか仏だか、あるいは悪魔だか分からない存在に宏史はそう懇願した。しかし、その次も四日間のブランクが作られた。これが五日間になるのも時間の問題のように感じられる。そして六日になり、七日になり、そのうち世界が入れ替わってしまうに違いない。もはや一人で抱え込むのは不可能だった。


「相談したいことがある」

日曜の夜、谷川を呼び出した。詳しい事情は話さなかったが、水泳に関わる大事な話だと告げると、彼女は何も訊かずに了解してくれた。いつものお好み焼き屋で落ち合うことになった。堀にも同席してもらうか悩んだが、やはり止めておくことにした。これはおそらく自分と水泳に関わることだし、同時に自分と谷川に関わることなのだ。そうとしか考えられない。今回ばかりは二人きりで話がしたかった。

しかし、どこから切り出したらいいのだろう。宏史が言葉に窮している間、彼女は視線を落とし、黙ってお好み焼きを焼き続けていた。

「……荒唐無稽《こうとうむけい》な話で、急にこんなことを言ったら驚くと思うけど」と宏史は前置きをした。

「うん」神妙な顔つきで谷川が頷く。

「ここ数か月、自分だけ一週間が七日間じゃないんだ」

「はっ？」彼女が驚いてヘラを止めた。深刻な話だとは予期していても、さすがにそんな内容だとは想像もしていなかったのだろう。いや、想像などできるはずがない。

「水泳の話じゃないの？」

「水泳の話だよ」

それから宏史は言葉を尽くして説明した。空白の一日。誰もいない一日。すべての機能と活動が停止する一日。そこに世界に一人、自分だけが存在すること。その日を練習にあてることで、タイムが良くなり始めたこと。しかし、空白の日が拡大してきているという事実。もしかしたら、そちらが自分にとって本当の世界になってしまうのではないか、取り残されるのではないかという不安。孤独。恐れ。

彼女は途中まで真剣に聞いてくれたが、堪《こら》えきれず笑い出した。いくらか腹は立ったが、同時にそれが無理もない反応だということも理解できていた。立場が逆だったら、自分だって絶対に真《ま》に受けないはずだ。

「馬鹿馬鹿《ばかばか》しく聞こえるだろう。それは分かる。でも、冗談でも嘘でもないんだ。そんなことをしても意味ないだろう。信じるのは難しいかもしれないけど、でも、やっぱり谷川には信じてほしい」

彼女は笑うのを止め、じっとこちらを見返してきた。

「……たしかに北村君がそんな突拍子もない嘘をつくとは思えない。冗談にしては趣味が良くないし。それに、その頃からタイムが格段に良くなってきたのも事実だしね。でも、やっぱりそんなことって現実ではありえないんじゃないかな。何か精神的な、その、一時的な症状とか」こちらを刺激しないよう、彼女は言葉を選んでそう言った。

「自分でもそういった可能性は考慮した。でも、その空白の日にやったこと、例えばゲームのデータだったり、ノートに書いたメモだったり、弁当のゴミだったり、そんなのが翌日もしっかり残ってるんだ。心の問題ならそんなことにはならないはずだろ」

「……夢遊病で、寝ている間に活動してるとか」

「それについても調べたけど、症状があてはまらなかった。自分の頭がおかしくなったわけじゃないんだ」

「北村君の頭がおかしくなったなんて思ってないよ」

「たぶん、その空白の日をきちんと使えばタイムはもっと伸びるだろう。オリンピックだって出られるかもしれない。そうなれば嬉しい。何より望んでたことだから。でも、今は怖いんだ。そのうち、あっちに行ったきり戻ってこれなくなってしまうんじゃないかって。一人ぼっちの世界に取り残されてしまうんじゃないか。もう谷川にも堀にも会えなくなるんじゃないかって」

宏史は率直な感情を口にした。だが、どれだけ訴えても完全に理解してもらえることはないのだろう。

「北村君、きっと疲れているんだよ。いつも競争に晒《さら》されているんだもんね。その気持ち、分かるよ」彼女は慰めるように声を発した。

「そういうのじゃないんだ、本当に」もどかしい。感情が荒ぶるのを抑えようと、目をつむり深呼吸をした。

「……うん、そうかもしれない」彼女は曖昧《あいまい》に同意した。困惑しながらも、気を遣ってくれている。

「分かってくれ。日曜の翌日のことは、本当に起きてるんだ。こんなことばっかり主張してたら、本当に狂ったのかと思われるかもしれないけど」

「だから、そんなことは――」

「迷惑かもしれないけど、谷川にだけは理解してもらいたいんだ。……それで、一つ頼みごとをしていいか？」

「何？」

「今夜、曜日が変わる。この後、八日目が来るんだ。それを一緒に体験してほしい。日付が変わるまで俺の部屋で一緒に過ごしてくれないか？」

谷川が目を見開き、唖然《あぜん》とした顔をしている。

「……えっ？　今なんて？」

「だから、今晩一緒にいてほしいんだ。もしかしたら、俺だけがあっちにいってしまうかもしれないけど、なんとなく二人でいけるんじゃないかって気もしてるんだ。根拠はないけど」

谷川はしばらく呆然《ぼうぜん》と口を半開きにし、直後、顔面を紅潮させ大きな声で笑った。

「何、ここまでシリアスに引っ張っといて。オチはそこ？　ちょっとひどいんじゃない。北村君、いつもそんなふうにして女の子を部屋に連れ込んでるの？」

「違う違う。そんなんじゃない！」宏史は激しく手を振って否定する。

そんなことは考えてもいなかった。考える余裕などなかった。だが、改めて発言を振り返ると確かに女性を部屋に誘い込んでいるとしか捉えられないのも事実だった。こちらまで赤面してしまう。恥知らずな男だと誤解されたくない。

「変な気はない。誓うよ、本当に。なんなら包丁とか、凶器になるものを手に握ってもらって、俺が妙な素振りを見せたら刺してもらっても構わない。だから――」と早口に釈明した。

「包丁って」と彼女はなおも笑う。

「いや、包丁じゃなくてもいい。えっと、うちには他に何か武器みたいなものはあったかな。谷川が護身用の何かを持ってるなら、それを持ってきてもらってもいいから」

「そんなのはいいって」と笑ったまま首を振る。

「でもさ」

「そこまで言うなら信用しましょう。なんだかんだいって、もう長いつき合いだし。北村君がそんな姑息《こそく》な手を使うとも思えないしね。行くよ、部屋まで。あなたがそれで納得するっ

に済んだことにも。

「――ありがとう」宏史は安堵した。彼女が同意してくれたことにも、信頼や絆《きずな》を損なわず

ていうなら」

二人でアパートに戻ったのは十一時過ぎだった。道すがらからすでに妙な緊張を覚え、お互い押し黙ってしまった。手が震え、なかなか鍵を開けることができない。みっともないとは思うが、自らの意思ではどうしようもない。

部屋に入ると、ゆっくりと彼女は室内を見渡した。あらかじめ最低限の掃除はしていたけれど、谷川に検分されるのはどことなく恥ずかしかった。家にあげるのは初めてだ。まあくつろいでよ、と言ったが、彼女はフローリングの床に正座し足を崩さない。宏史は座布団の一つも持っていないことを後悔した。

「水泳雑誌にプロテイン、筋トレ器具と大会のＤＶＤ。まあ見事に水泳選手の部屋だよね。でも、思ったよりきれいじゃない」ようやく彼女が言葉を発した。無理に軽い口調にしているようにも感じられる。

「そうかな？」

「うん。ああ、でも、北村君だったらこれくらい普通かも。堀君の部屋だったらもっと乱雑そうだけどね」彼女はかすかに笑う。

「これでも整頓はしたよ。普段はもう少し汚い」

「へえ、そうなんだ」

　そこで会話が途切れた。やはりなかなか空気がほぐれない。本当に妙な気はないからな、と宏史は念を押したが、もうそれは大丈夫だから、と素早く返されてしまった。

「……それで、私は何をすればいいの？」足を崩さぬまま彼女はそう訊いてきた。

「いつも○時に気配が変わる。それはとても不思議な感覚で、もし谷川にもそれが起こるなら、すぐに分かると思う。それまでは特に何もしなくていい、と思う。この部屋にいるときにそうなるから来てもらったんだけど、実は日曜の○時に他の場所にいたことはない。だから、この場が原因なのかは分からない」

「磁場的な問題じゃないんじゃない？」彼女は首を傾《かし》げ、そう言った。

「そうかもしれない。でも、少なくとも今日はここで○時を迎えたい」

「そしたら、『向こうの世界』に行ける、と」

「ああ、少なくとも自分はね。もしかしたら、谷川が一緒にいてくれることで、何も起きないかもしれない。そうであれば嬉しい。練習時間の確保を抜きにすれば、だけど。もう一つの可能性としては――」

「私も『向こうの世界』に連れていかれるかもしれない」彼女がそう言葉を継いだ。宏史は黙って頷いた。

「怖い？　嫌なら、そんなところに行きたくないなら、無理はしなくていい」

「でも、北村君は一緒に来てほしいんでしょう?」

「ああ。迷惑かもしれないけど」

「いちいち迷惑だとか何だとか言わなくていい。それなら最初から部屋に上がらないよ」彼女は少し怒ったように早口でそう言った。「本当のことを言えば、まだ半信半疑な部分はあるけど、とにかく今はつきあうって決めたの。北村君が見ている世界、誰とも共有できない世界っていうのがあるなら、私も見てみたい。それが自分の意思だから、迷惑をかけてるとかはもう思わないで」

「……ありがとう」宏史は、今日二回目の礼を述べた。
○時まであと三分になった。まだ気配はない。それは子午線をまたぐ飛行機のように、あっという間に切り替わるのだ。予兆も余韻《よいん》もない。谷川は固唾《かたず》を呑み、こちらを見つめていた。
「もう間もなくだ」

「うん」

「あのさ、急だけど、手をつないでもいいか」

宏史がそう訊くと、彼女は静かに両手を差し出してきた。宏史は彼女の前に向き合って座り、二つの手でそれを握った。二人は心を静めるため、どちらともなく目をつむった。

変わった。

八日目が訪れた。だが、両手にはまだしっかりと温もりを感じる。重みもある。だが、それが単なる名残だったら、そう思うと目を開けることがためらわれた。口の中がからからに乾き、言葉を発することができない。確かめるのが怖い。

「――これが八日目なんだ」

その声に心臓が跳ね上がった。目を開けると、照明が消えた闇の中、彼女はまだそこにいてくれた。

「本当にこんなことがあるんだ。急に電気が消えて、音もなくなった。どうしてこんなことが起きるんだろう」彼女は驚くよりも不思議がっているようだった。

「暗いだろう。ランプをつけるよ」宏史はそう言って手を放し、立ち上がった。

「ううん、大丈夫。目はすぐに慣れるだろうから、このままでいい」そう言われ、宏史は座り直した。

「朝までは何もできない。文明の利器に頼れない以上、原始人みたいに太陽が昇るのを待つしかないんだ。家まで送るから、日が出たらまた落ち合おう」

「何言ってるの。こんなおぼつかない世界で一人になんてしないでよ。心細いじゃない。これでも女の子なんだから」

「……ごめん」どう答えていいのか分からず、宏史はとりあえずそう謝った。

「眠くなるまで話でもしようよ。うとうとしてきたら、そのタオルケットを貸して。横になるから」

「いや、寝るときは布団で寝てくれ。嫌かもしれないけど、きちんと干してるから。俺が床で眠るよ」

布団は家の主人が使うものだと言う彼女と、いや絶対に駄目だと主張する宏史。どちらも譲らず、とりあえずその件は棚上げし、何か話をすることにした。そのまま朝になるなら、それが一番平和的でいいかもしれない。

大学やテレビ番組の話もしたが、結局は水泳の話題になる。堀がいれば別なのだろうが、二人きりだとどうしてもそこに行き着いてしまう。どことなく気後れを感じてしまうが、彼女が暗さを感じさせずにトレーニング学を語ってくれるのは嬉しかった。表情を作っている様子もない。意欲的に取り組んでいるようだった。

久遠コーチの悪口、練習方法、そしてオリンピック。話が途切れることはない。

「ねえ、北村君って前からそんなにオリンピックを熱望してたっけ？　こう言ったら悪く聞こえるかもしれないけど、以前はそこまで強くは感じなかったんだけど。せっかく才能あるのに、もったいないなって思ってた」

深夜という時間が、発言を大胆にさせているのかもしれない。彼女は普段なら口にしないようなことを言葉にした。本音であり、疑問でもあるのだろう。

「ああ、昔はほとんど諦めかけてた。見上げる壁が高すぎて。候補として合宿に呼ばれるだけでも充分すごいことだと、自分を納得させてた。情けないけど、谷川みたいに挑み続ける勇気も根性もなかった」

「それがこの半年は急にどうしたの？　タイムが良くなったから気が変わって真剣になったわけじゃないんでしょ。その逆だよね、きっと。真剣になったからタイムが良くなったんだよね」

「まあ」宏史は言葉を濁す。

しばらくの間、無言が続く。

「ねえ、北村君、あのときのこと、まだ負い目を感じてるんでしょ？」彼女は目を伏せてそう訊いてきた。

「──どれだけ謝っても、どれだけ後悔しても、谷川が何度『気にしてない』と言ってくれても、『許す』と言ってくれても、それが消えてなくなることはない」宏史は正直に答えた。

それが逆に彼女の負担になっていることも、今なら理解できる。それでも、理屈ではないのだ。この咎《とが》が心の内から消滅することはないだろう。

「……うん。そんなものなのかもしれないね」彼女は静かに受け入れてくれた。

「でも、私は北村君を恨んだことなんて一度もない、本当に。それだけは覚えておいて。自分の迂闊《うかつ》さとか、どうしてあんなことをしたんだろう、とかは入院中から、ううん、転んだ瞬間からずっと考えてた。気が狂うくらいにね。夢だと信じたかったし、時間を戻してほしいって神様に祈りもした。目を開けていてもまるで閉じているみたいで、何も見えない。苦しい、なんて言葉では片づけられないほど苦しんだ。自分のことで精一杯で、誰にも連絡が取れなかった。惨めな姿を見られたくもなかったし。でも、不思議とあなたを憎んだことはなかった、本当だよ」彼女の瞳には涙が浮かんでいるようだった。

「……分かった。話してくれてありがとう」

そう言って宏史は再び彼女の手を取った。肩の力が抜けていくのが分かる。おそらく、彼女のほうもそうだろう。

まどろみから覚めると、夜が明けていた。彼女も眠りかけていたようだ。足を崩してはいたが、横にはなっていなかった。おはよう、と声をかけると、彼女はにこりと笑い、おはよう、と返してきた。

睡眠不足にも関わらず、彼女はとても元気で、未知の世界を存分に探索した。無人の大学ではしゃぎ、憧れていたというアパレルショップで何着も試着した。自らのマンションに置いているカセットコンロを持ち出し、まだ冬には早いが二人で鍋を食べた。宏史も今回は泳ぐつもりはなかった。

だが、九日目に入り、彼女は途端に怯《おび》えだした。

ここが異常な世界で、もし取り残されたらどうしようもないということが身に滲みて実感できたのだろう。その感情の変化はよく理解できる。どうしよう、怖いよ。頻繁にそう繰り返す彼女を宥《なだ》め長い時間を過ごした。出かけることも、泳ぐこともできなかった。北村君はこんな場所で毎回頑張ってきたんだね、一人で辛かったよね、寂しかったよね、と言って彼女は宏史のために泣いてくれた。

十日目には連れていかないつもりだった。これ以上不安にさせたくない。おそらく離れ離れの状態で夜の〇時を越せば、彼女はあちらに戻り、自分だけが残ることになる。そんな確信があった。

だが、彼女はそれを聞き入れてくれなかった。あなたを一人置き去りにはできない、と。十日目が終われば月曜がくるはずだから大丈夫と説得するが、納得しない。あと一日なら最後まで一緒にいると言いほとんど睨《にら》むような強さで見返してくる。

十一日目、十二日目、と続くことが一番恐ろしかった。そんなことに彼女を巻き込みたくない。いや、違う。それなら最初から打ち明けるべきではなかったのだ。連れてくるべきではなかったのだ。宏史は今さらながらひどく悔いた。

それでも、今回は幸いにも十日目で終わった。その一日は彼女と静かに過ごし、次に月曜が来るよう祈りながら〇時を待った。彼女の真摯《しんし》な願いが通じたのかもしれない。

日付が変わり、気配が戻ってくると、彼女はまたも泣いた。今度は号泣だった。マンションまで送ると言ったが、彼女は朝までここにいると言って動かなかった。宿泊に必要なものは初日の夜に全部持ってきていた。

一緒に部屋を出て大学に向かうのは気恥ずかしかった。だが、彼女はすっかりいつもの調子を取り戻し、明るい声でたわいもない話を切り出してきた。こちらに戻ってこられたのがそれほどまでに嬉しかったのだろう。

それからの一週間、講義の空き時間に二人でパソコン室に行き、空白の曜日についての手がかりがないか検索した。再度図書館で文献を調べもしたし、心理学の教授の研究室を訪問もした。彼女は解明に強い意欲をみせていたが、宏史は内心無駄だと悟っていた。学術的に解決できる問題ではないのだ。それでも、彼女を止めることはできなかった。自分を救いたいという一心でやってくれているのだ。何も言えるはずがない。

二人で行動することが極端に増えたことを知った堀が「そうかそうか、いや良かった良かった」などと茶々を入れてきた。

「そんなんじゃない」と二人揃って抗議するが、取り合ってもらえない。

「いいんだって、照れなくて。俺も嬉しいよ。大学に入ってからずっとやきもきしてたんだぜ。これで俺の肩の荷も下りたってもんだ」と愉快そうに笑う。

「だから――」

「よかったら、たまにはこれまでどおり飯には誘ってくれよ。ハブられるのはちょっと寂しいからな。それに馬鹿真面目な二人のおのろけを聞くのもまた面白そうだしな」堀はこちらの言葉を遮り一方的にそう言い、肩をぽんぽんと叩いて去っていった。

その後姿《うしろすがた》を見送った後、宏史と谷川は顔を見合わせ、そして同時に噴き出した。完全に勘違いされている。たしかにあの日を共有したことで二人の結びつきはこれまで以上に強固になった。きっとそこらのカップルなどとは比べものにならないだろう。だが、これは交際とは違う。それでも、堀の誤った祝福は二人の心を温めてくれた。

＊

翌週以降も空白の日は続いた。しかも、十二日目まで現れてしまった。

だが、その事実を谷川には伝えなかった。これ以上心配をかけたくなかったし、再びついて来るなどと言い出されても困る。もう彼女を巻き込みたくない。それはこの世界に一人でいることより耐え難《がた》いことだった。

彼女には、八日目や九日目で終わるときもあると嘘をついて安心させた。きっといつか終わりは来るから大丈夫だとも。

その分、一人のときの孤独はより深くなった。練習は欠かさないものの、どうにも身が入らない。体を疲労させるためだけに、あるいは時間を潰すためだけに泳いでいるようなものだった。目的もゴールも不明瞭になってきていた。夜は、谷川と一緒に過ごしたあの三日間を反芻《はんすう》しながらやり過ごした。二人だけの三日間。あれがなければ、ここまで精神は持たなかっただろう。あの思い出があるから生きていける。耐え難《がた》いほど心が軋《きし》むときは、彼女と行ったアパレルショップまで足を運んだり、一人で鍋料理を食べるなどした。

日常では努めて明るく振る舞った。勘づかれてはいけないし、変に避けるのもよくない。あくまで平静を装わなくてはならない。そういうことが得意な人間でないことは宏史自身よく分かっていたが、下手な演技でもやり通さなければならなかった。

タイムはさらに伸び、公式大会で三位になった。これであと一人だ。手応えはあったが、同時に虚しさも同居していた。あちら側に呑み込まれてしまうのはもはや不可避だと感じていた。いや、悟っていたといったほうが正しいかもしれない。そうなれば記録など何の関係もなくなる。

谷川のためにオリンピックに出たい。その強い気持ちが空白の日を生み出したのだろう。だが、それはもはやコントロール不能に陥っていた。あるいは、これは願望の成就ではなく、罰だったのかもしれない。谷川の将来を潰してしまったという罰。そんな考えは彼女にも悪いのだろうが、どうしても頭を離れることはなかった。だからこそ、なおさら打ち明けることはできなかった。

日曜の夜が恐ろしい。〇時が近づくにつれ心のバランスが崩れ、髪を掻きむしった。谷川に電話をしたくてしょうがなくなるが、宏史は固く目をつむり、無理にでもそんな感情をやり過ごした。助けは求めない。そんなことをしたら、彼女は間違いなく手を差し伸べてくれるだろうから。

谷川や堀がいる日常。宏史にとってはそれがかけがえのない時間だった。遠からず永遠の別れを迎えるかと思うと、久遠コーチの怒鳴り声さえ愛《いと》おしく感じられた。だが、こちらから最期《さいご》の挨拶をするわけにはいかない。どれだけ辛くとも、平気な顔をして二重生活に耐えなければならないのだ。不意に涙がこぼれそうになったり、唐突に谷川を抱きしめたくなったりする衝動を堪えなければならなかった。

間もなく、その日はやってきた。何日経ってもいつもの世界が戻ってこない。十四日目、十五日目。三十日を越えたところで宏史は数えるのを止めた。

覚悟をしていたとはいえ、そう簡単に割り切れることではない。諦めて受け入れようと決心するたびに両耳をもぎ取られるような痛みを感じた。谷川にもう会えないと思うと、今度こそ本当に涙がとまらなかった。

それでも、準備だけは整えていた。電気に頼らない生活器具を事前に揃え、食料も保存がきくものを調べてもいた。水泳に関しては、普通のプールでは日が経つとどうしても水が淀んでしまうので、大きなホテルのプールを利用することにしていた。貯水タンクがあり、自家発電装置も備わっている場所など他にはなかなかない。元の世界にいられたうちに下調べはしていたし、装置の使い方も予習していた。

今さら練習をしたところで意味がないことなど分かっている。それでも泳がずにはいられなかった。ストップウォッチを押し、飛び込み、泳ぎ、ゴールしてすぐにそれを止める。誤差を修正し、おおよそのタイムを記録する。そんな作業を工業機械のように毎日繰り返した。

アパートに戻ることはなくなった。ホテルの水や自家発電量にも限界があり、一週間程度で使えなくなるため、練習場所を転々としなければならなかったのだ。それに、移動を続ければ、同じようにこの世界に迷い込んだ誰かにどこかで会えるんじゃないか、という甘い希望も捨てられずにはいられなかった。現実的にそんなことはありえないのだろうが、せめて幻想くらいは持ち続けていたかった。

こちらの世界でも季節は進む。あっという間に冬が来た。暖房のない厳寒は身に凍《し》みたが、服を着込むことでなんとか乗り切った。ドラッグストアがあるとはいえ、医師も薬剤師も存在しないのだ。病気は命取りになる恐れがある。必然的に禁欲的で節度のある生き方になった。缶詰やフリーズドライの野菜を確保して栄養バランスの良い食事を心がけ、夜は充分に睡眠を取る。決まった時間に起き、修行僧のように一日決められた作業をこなす。

日常でいうところの孤独など、ここではたわ言にしか聞こえない。この世界の孤独とは比較にならない。ここのそれは完璧で、一分の隙もなく、人の心を狂わせることなどたやすい。宏史は精神の均衡を保つことに腐心した。あるいは頭がおかしくなってしまったほうが楽なのかもしれなかったが、安易にそちらに流されるのは嫌だった。

ときには図書館から本を選び、大きな声で音読したりもした。たまに発声しないと言葉を忘れてしまいそうだったのだ。最初は意識的に独《ひと》り言《ごと》を口にするようにしていたのだが、すぐに話すことがなくなってしまったのだ。それならば、書かれている物を読むしかない。

向こうはどうなっているのだろう。これまでの経験からすれば、何も変わっていないはずだ。日曜日と月曜日の狭間《はざま》の、わずか一瞬でしかない。呑み込まれた人間には永劫の時間だが、他人にはコンマ一秒ですらないのだ。

いや、そうだろうか。戻れなくなった自分という存在は、あちらではもう消えてしまったのかもしれない。もう世界は完全に隔たれてしまったのかもしれない。根拠はないがそうも思えた。何が確かかは分からない。だが、仮にそうであれば谷川はひどく悲しんでいるだろう。堀は理解できずおろおろしているかもしれない。そんな姿は想像したくなかった。

やはりさようならは言っておくべきだったのかもしれない。きちんとお別れをするべきだったのかもしれない。彼女との最後の会話は内容を思い出せないほどたわいのない世間話だった。あんな形ではなく、しっかりと互いの目を見つめ合って話をすべきだったのかもしれない。分からない。どれだけ考えても最良の形が何だったのかは分からなかった。

春が去り、夏が来た。宏史はすでにアパートから五十キロ以上離れた土地で生活していた。泳げるプールを探し続ける、放浪の旅だ。一箇所に留まっているのが辛く感じるということも理由の一つだった。こんな状態で生き続ける意味を常に考え続けているが、はっきりとした答えはどうしても出てこなかった。ビルの屋上や深い森にも行った。だが、谷川のことを思うと、どうしても踏ん切りがつかなかった。

単調な日々。もはやそれに飽きることすらなくなった。惰性でやっているわけでもない。決めたことを決めただけこなす。時間になったらきっぱりと次の行動に移る。感情の起伏もなく、何も変わらない。いや、一つだけ変化していることがある。タイムだ。

正確ではないにせよ、すでに日本でトップの記録になっていた。無意味で虚しい数字だったが、僅かなりとも慰みを見出せるのはそれくらいのものだった。日付が正常であれば、そろそろオリンピックの選考会が開催される頃だ。もし参加できていたら、きっと代表に選ばれていただろう。遂に「候補」が外れるのだ。谷川を五輪に連れて行くこともできる。彼女と過ごす外国での日々。会場を埋め尽くす観客とその歓声。マスコミのインタビュー。彼女への感謝の言葉。意味のないことだと分かりつつも、宏史はそんな夢想を繰り返し自分を慰めた。

今日は、選考会だと想定して泳ぐことにした。

いつも記録を計るときは全力を尽くしているが、今回はそれ以上を出そうと決めた。この一回で体が壊れてもいい。それくらいの強い気持ちで臨むことに決めた。谷川がすぐ近くで見てくれていて、息を呑んでタイムを計ってくれているものと考えることにした。

ストップウォッチを押し、飛び込み、泳ぐ。バランスを崩さず、かつ指先にまで力を行き渡らせることだけに集中する。どんな記録なら満足できるかも分からないが、とにかく極限を目指したかった。水を掻き、足を突き出す。心拍に耳を澄まし、呼吸量を調節する。酸素が全身を駆け巡り、水は味方となって宏史を後押ししてくれた。

ゴールし、すぐに飛び込み台脇のストップウォッチに手を伸ばす。誤差が出ないようにいつも一センチの狂いもなく同じ場所に置いている。目を開けずとも触れられるはずだった。ない。

宏史は焦り、周囲をまさぐった。パニックになる。もう駄目だ。タイムが狂ってしまった。なぜだ。今回に限っていつもと違うところに置いてしまったのだろうか。いや、それはない。酸欠気味で思考が混乱する。もうあれ以上の泳ぎはできない。これまでの人生で最高のスイムだった。二度とは繰り返せない。それなのになぜ。

そのとき、突然頭上から声が響いた。

「ナイスタイム。おめでとう、日本新記録だよ。ずっと努力してたんだね。探したよ」

顔を上げずとも、宏史は相手が誰だか分かっていた。息が乱れ、驚きもあり、まだ声を出すことができない。それでも、最初に言うべき言葉はもう見つかっていた。

黄金蝶を追って

六十年代まではまだ魔法が残っていた。

小学生のとき、僕は校内で最も絵がうまく、写生大会では福岡県知事から特別賞を二回もらったこともある。専門的に習ったことはないけれど、対象を見たら〈どのように描けばいいのか〉がすぐに分かるのだ。一本足打法の王《おう》選手がいとも簡単にホームランを打つことや、ハナ肇《はじめ》のジョークが百発百中なのと同じだ。授業の成績はいまいちで、運動神経もさほど優れてはいなかったけれど、絵の才能だけで同級生や先生から一目置かれていた。学級新聞ではイラストだけでなく題字やデザインも任されていて、毎回工夫を凝らした。おかげで、張り出されるたびに人だかりができ、他のクラスからも大勢見にくるほどだった。ちやほやされればされるほど僕はのめり込んでいった。野球やそろばん教室などには見向きもせず、放課後は図書室に行き、本に載っている植物や人物をスケッチし続けた。保護者面談でも先生が僕の絵を褒めちぎるので、親も誇らしそうだった。

中学校に進学すると、美術部に入った。人体のトルソー、立派なイーゼル、室内に充満する油絵具の匂い。本格的な雰囲気に僕は興奮した。しかし、それは最初の数日だけだった。先輩たちの中には上手な人もいたけれど、それでも自分のほうが優れている。専門的な道具を使いこなしているだけで、迸《ほとばし》るような才能は誰からも感じられない。逆に先輩たちは僕の素描を見てひどく驚いていた。

夏休みになる前に退部した。さまざまな道具を使えるのは魅力的だけれど、周囲に合わせてじっくりと絵を描いていくのは退屈だった。互いを褒めあう仲良し集団っぽい空気にも馴染《なじ》めなかった。近隣三つの小学校区を統合した大きな中学校だったけれど、規模は大きくとも僕に刺激を与えてくれる人物は見当たらなかった。詰襟の制服は息苦しく、数学や英語の授業にも興味は感じられなかった。

昼休み、隣に座る女の子が突然目を輝かせて話しかけてきた。教科書の余白にいたずら描きをしていたのが目に入ったらしい。

「尾中《おなか》くん、すごい絵がうまいんだね」

「そんなことないよ」僕は謙遜《けんそん》する。

女の子と話すのは得意じゃない。特に彼女はクラスの中でも美人で人気の子だった。相手の目を見ることができない。

「アトムとか描ける？」

「ああ、うん」

空を飛ぶアトムの姿をノートに描くと、彼女がわあっと歓声をあげた。他の同級生たちも寄ってくる。今年の一月から放送が始まった『鉄腕アトム』はクラス全員が夢中になっていた。アトムに関しては僕も例外ではなく、毎週欠かさず観ていた。

「ねえ、見て見て。これ、尾中くんが描いたんだよ。本物そっくり！」

「うわ、本当だ、すげぇ」

「お前、漫画家になれるぜ」

「ねえねえ、ウランちゃんも描いてみてよ」

僕は請われるがままに描いた。さきほどを上回る歓声。席を完全に囲まれた。

正直、絵の出来に納得はしていなかった。こんなのはただの模写にすぎず、手塚治虫《てづかおさむ》がブラウン管の向こう側から見せてくれている躍動感には到底及《およ》ばない。あのアニメには血が通っている。それでも、久しぶりにちやほやされることに悪い気分はしなかった。

一躍クラスの人気者になり、昼休みは絵のリクエストタイムに変わった。漫画のキャラクター、動物、俳優。僕は同級生の要望どおりに絵を描き続けた。こんなことをしても時間を浪費するばかりで、画力は向上しない。そのことが分かっていても要望を撥《は》ねつけることはできなかった。

二学期初めの土曜日、朝早くから特別授業としてグラウンドに集められた。中学校をぐるりと囲む外壁を塗りなおすことになったという。薄汚れたコンクリート壁を鮮やかな花畑の絵に変えるのだ。生徒たちは学校に来るのが楽しくなるし、地域住民たちも喜ぶ。美術の主任教員の提案だそうだ。一年生は東側の外壁の担当だ。

全体説明の後、それぞれの持ち場に移動した。土の地面にブルーシートを敷き、まずは全員で壁を青く塗っていく。塗料の匂いがあたりに満ちている。通りかかる住人も珍しそうに眺めていた。みんなどこか浮ついていて、そこかしこで笑いあったり小突きあったりしている。「お前ら、真面目に取り組めよー」と巡回にきた教員が形式的に注意する。

何十人もで手分けして色を塗っていくので当然ムラができる。濃い部分、薄い部分。教員たちは雑談ばかりしていて、誰もまともに指導しようとしない。僕は気持ち悪さを感じる。任せてもらえるなら全部一人でやってしまいたい。これほど大きなキャンバスに描いたことはない。自分なら「子どものお遊び」ではない、芸術作品を作り上げる自信があった。でも、何を言ったところで無意味だろう。教員に提案しても通るはずがない。

下半分にべったりと緑色を塗った後、生徒たちが好き好きに花を描いていく。空の部分には木々や蝶々《ちょうちょう》だ。同級生の下手な絵を見ているとひどく苛《いら》ついた。せめて自分は最高のものを描こう。他の生徒たちが飽き始め、どんどん雑になっていく中、僕は集中して大きなアゲハ蝶を描いた。その一羽が完成する頃には周囲の作業はすべて終わっていた。時間はかかったけれど、納得のいくものが描けた。同級生たちが見にきて、口々に褒めそやした。でも、喜びは覚えなかった。むしろ他と比べられるのは礼を失しているとさえ感じられた。僕は手についた塗料を落とすため校舎に戻ることにした。

完成した花畑を眺めながら歩く。不揃《ふぞろ》いでみっともない壁画だ。若さや元気の良さだけでごまかそうとしている。こんなもので学校や地域が楽しくなるはずがない。

どきりと心臓が脈打ち、足が止まった。

何だこれは。

そこに描かれていたのは黄金の蝶だった。まるで本物のような生命感があり、今にも壁から飛び立っていきそうだ。いや、本物以上かもしれない。別格だ。僕が描いたアゲハ蝶とは根本的に異なっている。受けた衝撃は、鉄腕アトムを初めて観た日に匹敵した。

いったい誰がこれを描いたのだ。美術の主任教員だろうか。いや、あの人にこんな活《い》き活きとした絵を描く能力はない。いくつかの賞を獲ってはいるらしいが、あの先生の作品はどれも新鮮味に欠けたつまらないものばかりだ。

黄金蝶の前で固まっていると、ちょうどその美術教員がやってきた。

「尾中くん、君が描いた蝶を見てきたよ。さすがだな。美術部に戻ってくる気はないかい。君の才能をこのまま無駄にしておくのは実にもったいない」

「先生、この蝶を描いたのは誰ですか？」僕は相手の話を無視してそう訊《き》いた。

「ん？　これか。確かにまあ、これも上手だな。だが、羽が大きすぎてバランスが悪い。こんな金ぴかの蝶なんて実在しないだろうしな。君の絵の足下にも及ばないよ」

「誰なんですか？」苛立ち、つい声が大きくなってしまった。

「あ、ああ、二組の佐々木《ささき》だよ。佐々木達也《たつや》」教員は動揺しながらそう答えた。

名前に聞き覚えはあるが、顔は浮かばなかった。別の小学校の出身だ。

僕はほとんど無意識のうちに校舎に入り、塗料を洗い落とすことも忘れたまま二組に向かった。教室の引き戸を開ける。

「佐々木くんはいますか？」

中にいた十数名が一斉に僕を見た。最初から壁画制作に参加せず、教室でサボっていた不良たちまでこちらに注目してきた。同じ学年とはいえ、ろくに知り合いもいないクラスに突然乗り込むなんて、普段の自分なら絶対にやらない大胆な行為だ。クラスにはそれぞれ縄張りみたいなものがあって、土足で踏み込めば手ひどい目に遭う可能性だってある。ただ、そのときの僕はほとんど興奮状態で、そんなことにまで気が回っていなかった。

教室の生徒たちが静まり返る。返事をする者はいなかった。

もしかしたら教室にはいないのかもしれない。グラウンドにはまだ後片づけをしている者もいる。まずは外を捜すべきだった。今さら後悔の念が浮かんでくる。

「おい、佐々木、お前に用事があるってよ」不良グループの一人がそう言った。彼の視線の先には、ひょろりと痩《や》せた男子が座っていた。あれが佐々木達也なのだろうか。

しかし、その生徒は声をかけられても反応せず、通学かばんに教科書を詰めていた。僕は迷わず彼のもとに歩み寄る。

「君が佐々木くん？」

彼はこちらを無視して作業を続ける。

「ねえ、聞こえてるかな？」

いくらか声を荒らげると、ようやくのことでちらりと視線をあげた。青白く、にきび一つない顔だった。

「――そうだけど」

「壁画に金色の蝶を描いたのは君？」

彼は無言で頷《うなず》く。

「ちょっと話できるかな。ここじゃなんだから、どこか別のところで」

「おっ、佐々木、呼び出しかよ。何やったんだ。殴られるなよ」と不良たちが茶化す。

「そういうのじゃないから安心して」と僕は彼に説明した。

嫌がられるかと思ったけれど、僕が歩き出すと、意外にも素直についてきてくれた。

非常階段の踊り場で向かい合う。

「それで、何の用？」と彼が先に口を開いた。

相手の目には独特の暗さがあり、つい一歩後ろに下がってしまった。華奢《きゃしゃ》な体つきなのに、妙な迫力がある。だが、怯《ひる》んでいる場合ではない。どうしても訊かなくてはいけない。

「あの絵、どうやって描いたの？」

「みんなと一緒だよ。塗料を使って、筆で」

「違う。そういうことじゃないんだ。あのタッチ、躍動感、うまく言えないけど、そういうところについてだよ。生きている蝶よりもずっとリアルに感じた」

「……へえ、分かるんだ」彼が意外そうに声を出した。

「分かるよ。美術部の上級生だって、先生だって、誰もあんなふうには描けない」写実性や再現度の問題ではない。あの絵には生命が吹き込まれていたのだ。

「まともに評価してくれたのはお前が初めてだよ」

「君の絵の価値を見抜けないなんて、先生たちは馬鹿《ばか》だよ」

「教員なんてそんなものだ。創造性なんて一ミリも持ち合わせていないんだ。教科書に載っていること以外は決して認めようとしない」

「絶対、君の名前は日本中に知られることになる」

「大げさだよ」彼は口の端を歪《ゆが》める。

「あんなすごい絵を描けるのは手塚治虫か君くらいしかいない」

「大げさだって」と彼は繰り返した。

「佐々木くんはどこかの美術教室に通っているの？」

「いや、誰かに教わったわけじゃない」

「独学ってこと？」

「まあ」

「僕も独学だけど、ああは描けない」

「コツがあるんだ」

「教えてよ」

「はっ？」彼の声に初めて体温がこもった。

「なんだよ、藪《やぶ》から棒に」

「お願いだよ。知りたいんだ」と僕は頭を下げる。

黄金蝶を見た瞬間、体内にさまざまな感情が駆け回った。もちろん嫉妬《しっと》の感情はあったし、羞恥もあった。素人に毛が生えた程度の絵に満足し、天狗《てんぐ》になっていた自分が恥ずかしい。彼の絵に打ちのめされた。自分もあんな絵が描きたい。刺激を与えてくれる人物がようやく現れたのだ。ちっぽけな自尊心なんかには構っていられない。この機会を逃したくない。

「教えられるようなものじゃないんだ」彼はそう答えた。明らかに戸惑っている。

「そこをなんとか！」僕は再び頭を下げる。

「嫌がってるわけじゃない。俺《おれ》のは才能とか技術とかそういうもんじゃないんだよ」

「才能でも技術でもないなら何なの？」

「……詐欺だよ。俺は周囲を騙《だま》しているんだ」

意味が分からない。煙に巻こうとしたってそうはさせない。

「佐々木くんは何か部活に入ってるの？」

「いや、別に」

「じゃあ、放課後に一緒に絵を描こう。教えられないっていうなら教えなくていい。僕が勝手に見て、技法を盗むから」そう提案した。

彼がため息をつく。

「嫌になったらいつ止《や》めてもいい。だから、お願いします」今度は拝むように両手を合わせる。こんな必死に何かを頼み込むのは生まれて初めてのことだった。

「――分かった。でも、その前にお前の名前を教えてくれよな」彼はそう言ってようやく笑みを浮かべた。

翌週の授業終了後から一緒にスケッチをすることになった。二人きりの教室で、僕がお題を出し、互いにノートに描いていく。彼はいつもあっという間に描き上げてしまう。そのうえどれも見事な出来栄えだ。自分のを見せるのが恥ずかしくなってくるほどレベルに差がある。いや、レベルじゃない。何かが根底から違うのだ。彼の描くものにはどれも生命の息吹が感じられる。たしかに、どれだけ練習したところで追いつけないのかもしれない。

一か月が過ぎ、二か月が経《た》った。僕たちは夕暮れの教室でさまざまなことを話した。絵のこと、鉄腕アトム、同級生たちのこと。特に彼の教員に対する悪態は苛烈《かれつ》なものだった。僕だって教員は好きではないけれど、彼の場合は度を越していた。「のうのうと体制に与《くみ》する奴《やつ》らが嫌いなんだ」と彼は語った。しかし、学校組織を毛嫌いしているにもかかわらず、成績は抜群だった。とりわけ英語は学年一位で、

彼には他に友人がいないようだったけれど、僕だって似たようなものだ。絵を描いてもらうために昼休みに集まってくる同級生たちは友達ではない。放課後、二人で話している時間が何より楽しかった。日を追うごとに彼の口調は柔らかくなっていき、いつしかお互いを下の名前で呼び合うようにもなっていた。

ただ、友情が芽生えたからといって悔しさが消えたわけではない。圧倒的な才能。埋めようのない差。彼の絵を見るたびに感動を覚えるが、同時に絶望的な気分にも陥る。

「誠《まこと》だって相当うまいよ。客観的に見れば、お前の絵のほうが優れているとも言える」

「でも、僕のは月並みなうまさだ。達也のとは全然違う」

「誠は将来画家になりたいのか？」

「どうだろう。絵を職業にしたいとは思ってるけど、画家は少し違うように感じてる」僕は正直にそう答える。美術部での経験がそう感じさせていた。一枚の絵を時間をかけて仕上げていく手法は自分には合っていない。

「じゃあ、漫画家か？」

「僕は絵を描くだけだよ。物語を作ることなんて絶対にできない」

「そっか」

「達也は将来、何の仕事をしたいの？」

「なんだろうな。俺もまだ決めてないよ。ただ、絵で食っていくことはないだろうな」

予想外の言葉に驚いた。

「どうして？」

「俺のはペテンだからだよ」

またそれか。

「あのさ、才能がある人間が自分を卑下するのはよくないと思うよ。その発言が他人を傷つけることだってあるんだ」僕は正直な気持ちを打ち明けた。

「……ごめん」少し間を置き、彼はそう謝った。

「でも、絵描きを目指さないことには変わりない。家には英語の本が何十冊もあってさ。この前、サリンジャーって作家の本を読んだんだ。感動したよ。主人公がまるで自分のように思えた。俺は、あんなふうに不正や欺瞞《ぎまん》を暴くような仕事がしたい。嘘《うそ》つきな大人に代わって、俺が社会のリーダーになりたいんだ」

「それは、政治家を目指すって意味？」

「馬鹿言うな。政治家なんて嘘つきの親玉みたいなもんだろ」と彼が笑う。

政治家以外のリーダーというと何があるだろう。

「それだけの絵が描けるのに、もったいない気がするな」

僕がそう呟《つぶや》くと、達也は不意に天井を見上げた。眉間《みけん》にしわを寄せ、深いため息をつく。

「どうしたの？」

「……秘密を守るって約束してくれるか？」彼はこちらを見据え、そう訊いてきた。

「秘密って？」

「約束してくれるなら、明日すべて話す」達也の顔つきはいつも以上に真剣だった。

「分かった。約束する」

達也が変な冗談を口にする男でないことは分かっている。彼が約束を求めてくるということは、それだけ重要な話なのだろう。

翌日は教室ではなく、中学校から離れた総合公園で合流した。四阿《あずまや》に隣り合って座る。

「誠、お前だから話すんだぞ」彼はそう念を押してきた。

僕はしっかりと頷く。

「俺の親父《おやじ》はさ、一年間の大半をビルマで働いてるんだ。前の戦争で亡くなった日本人の遺骨を収集しているとかなんとか聞かされたことはあるけど、詳しく説明されたことはない」

「立派な仕事だね」

「何が立派なもんか」と彼は吐き捨てるように言った。

「きっとハゲタカみたいな仕事だよ。あいつは大嘘つきなんだ。昔から汚いことばっかりやってきた。戦没者を弔う気持ちなんて微塵《みじん》もない。どういう方法かは知らないが、大金を稼いでいるらしい。母親と俺たち兄弟《きょうだい》が食い物に困ることはないけど、近所からは白い目で見られてる。人の口に戸は立てられないからな。俺と小学校が同じだった奴らは全員知ってるよ」

返す言葉がなかった。ごく平凡な家庭で暮らしている自分とは大違いだ。

「でもまあ、そのこと自体はいいんだ。今は関係のない話だからな。その親父がビルマのタウンジーとかいう街に寄ったときに買った土産が船便で送られてきたんだ。俺が小学五年生のときのことだよ。『闇市場で魔法の鉛筆を買った』なんて短い手紙つきでな。ほら、これだ」そう言って彼がバッグから数本の鉛筆を取り出した。

簡素で粗雑な代物だった。何のデザインも刻印されていないので、異国情緒も特段感じられない。土産物に値する品にはとても見えなかった。それが表情に出ていたのだろう。達也はくっくと短く笑った。

「そうだよな。俺も最初はそう思ったよ。親父は俺のことを馬鹿にしてるのか、ってな。だから、届いてからもしばらくは放っておいた。あるとき、たまたま手元に鉛筆がなかったから、机の引き出しに入れていたこれを使ったんだ。そうしたら、驚いたよ」

「驚いたって、何が？」

「まあ、見てな」

彼がノートにさらさらと一匹の猿を描いた。相変わらず上手ではあるものの、特にこれまでと変わらない絵だ。これがどうしたのか、と訊きかけたところで口が止まった。

猿が動き出したのだ。きょろきょろと左右を見渡し、小さく体を揺すった後、飛び跳ねてページの外に消えた。

何が起きたのか理解できなかった。パラパラ漫画のようにも見えたが、そんなものよりずっと滑らかだったし、そもそも達也はページをめくっていない。あの猿は自発的に動いたのだ。甲高い鳴き声さえ聞こえてきそうだった。

「な？　分かっただろ」

「どういう仕掛けなの？」

「種も仕掛けもない。これは魔法なんだよ。向こうの言葉で『モルケルテン』って名前の商品らしい。意味は分からないがな。親父は大金を払ってこれを買ったらしい」

「……信じられない」

「なら、お前も描いてみたらいい」

「えっ？」

「弟たちにも鉛筆を貸したことないけど、誠にだったらいいよ」と言い、鉛筆をくるりと回し渡してきた。

いったい何を描くべきなのか見当もつかなかった。つい彼と同じ猿を描きそうになるが、それでは実験にならない。考えた末、ふと目に留まった鳩《はと》を描くことにした。

描き終えた途端、鳩が動き出した。縦に首を振りながら歩き、しばらくすると羽を広げ飛び去っていった。

啞然《あぜん》とした。自分の手で描いたものが勝手に動き、ノートから消えていなくなったのだ。こんなことありえない。

「……猿と鳩は、どこに行ったの？」訊くべきことはもっと他にあるはずなのに、なぜか最初にそんな質問をしてしまった。

「それは俺にも分からない。なにせ魔法だからな。普通の人間には理解できないんだよ」

「魔法……」

「木を描けば風に揺れるし、亀を描けば手足や首を伸ばす。見てのとおり、これはアニメじゃないし実物とも違う。魔法としか表現できないものなんだと思う。分かっただろう。俺は動き回る絵を見て、最高の一瞬を普通のペンで模写しているだけなんだ。これがペテンのからくりだよ。黄金の蝶も一緒だ。壁に描く前に教室でモルケルテンを使ったんだ」

言葉が出てこなかった。否定したかったが、心はすでに事実だと認めていた。〈あれ〉を見る前と、見た後では何もかも変わるだろう。なにせ自分の絵が生命を持ち、動くのだ。生き物を実際に見て模写するのとはまったく異なる。絵描きにとっては夢のような光景だ。

「この鉛筆の秘密を知ったとき、決して他人に口外しちゃいけないことなんだって本能的に理解した。もし話したら大変な騒ぎになるし、鉛筆から魔力が失われる予感もしたんだ。だから、これまでは自分の楽しみのためだけに使ってきた」

「じゃあ、なんで僕に教えてくれたの？」

「――俺の絵を認めてくれた、初めての人間だったからな」照れた表情を隠すように彼は顔をうつむかせた。

「そんなことない。まともな人間が見れば誰だって褒めるよ。あの黄金蝶だって、通りを歩く人たちが毎日何人も足を止めてる」僕はそう力説したけれど、彼は小さく首を振っただけだった。

「まあともかく、秘密を明かしても魔法は解けないようでよかったよ。知られても大丈夫なら、テレビにでも出て一稼ぎするか」と彼が笑った。

「そんなことは――」

「分かってるって。冗談だよ。大勢に披露してもいいことなんてない。面倒に巻き込まれるのはごめんだ」と彼はこちらの言葉を遮ってそう言った。

僕はほっと安堵《あんど》する。

「モルケルテンはさ、一ダース分送ってきたんだ。もう二本は使い切ったから、残りは十本だ。お前に半分あげるよ」

「えっ、そんなわけにはいかないよ」

「いいって。俺より有意義に使えるだろ。俺の分は使い終わったらまた親父にねだればいいんだし」と言って、バッグから五本取り出し、押しつけるように渡してきた。

「……ありがとう」

固辞するほどの強さを僕は持ち合わせなかった。すでに魔法に魅入られていたのだ。

自分の絵がぐんぐん良くなっていく。動く絵を観察していると泉のようにインスピレーションが湧いてくる。これまで誰も描いてこなかったような一瞬を目に焼きつけ、スケッチペンで改めて表現する。あの日以降も放課後に集まり続けたけれど、達也が絵を披露する回数は減っていった。僕が描き、彼がアドバイスをくれる。いつしかそんなスタイルが定着した。

中学の三年間が終わり、進路が分かれることになった。彼は成績優秀だったので、県内で最も偏差値の高い高校に進学する。僕は平均より少し下の高校だ。絵に夢中で勉強が疎《おろそ》かになっていたのだ。彼は学年で数人しか入学できないような高校に進めるというのに、「また三年も教員の言いなりにならなきゃいけないのは苦痛だな」などとぼやくばかりだった。

達也と離れ離れになるのは寂しかった。互いにとって最高の友人だったし、秘密を共有する仲間でもある。彼のいない日々なんて想像もできない。ただ、モルケルテンの新たな使い道を見つけていた。スケッチブックに相手の名前とメッセージを書くともう片方のノートに届けられるのだ。物理的な距離は関係ないようだ。これまで描いてきた動物たちは行き先を書いていなかったから、勝手にどこかへ行ってしまっていたのだろう。

別々の高校に通うようになっても、僕たちはこの方法を使って定期的にやり取りを続けた。まるで好きな女子との交換日記だ。便箋《びんせん》の絵を描き、その中に文章を綴《つづ》る。日々の出来事についてだらだら書くことが多かった。高校生活に退屈しているのはお互い同じだった。僕たちの家は数キロしか離れていなかったけれど、顔を合わすことはなかったし、電話をかけることもなかった。

しかし、そんな往復書簡も次第に途絶えていった。一番の要因は、僕に恋人ができたことだ。生まれて初めての交際に僕は舞い上がり、完全にのぼせあがっていた。絵を描くことだけはかろうじて継続していたけれど、他はすべて後回しにした。また、達也から届くメッセージが次第に先鋭化してきていたことも理由の一つではあった。教員批判に留まらず、政治や社会に対しても憎しみを向け始めていた。僕は絵と恋人以外に興味がなく、過激な思想が詰まった彼の言葉に辟易《へきえき》し始めていたのだ。

恋人とは一年と持たず別れてしまったが、今さら達也とのやりとりを再開させるのは正直気後れした。

二年生の秋、休職した教員の代理として赴任してきた若い美術教師が僕の絵の価値に気づいた。高く評価し、活躍の場を与えてくれた。こちらの気持ちに配慮し、美術部に入ることを強要しなかった。初めて出会った理解のある先生だった。校内に留まらず、外部のコンペにも応募するようになり、いくつかの賞を受賞した。

卒業後は福岡を離れ、大阪のデザイン制作会社に就職した。応募したコンペの審査員にその会社の社長がいたのだ。僕の絵をいたく気にいってくれ、ほとんど一本釣《いっぽんづ》りのような形で内定をもらった。イラストやロゴ、ポスターの制作など、デザインに関することは何でも請け負う会社だ。

かなりの勇気が必要だったけれど、久しぶりに達也へメッセージを送った。雇われ社員の立場とはいえ絵を仕事にできたこと、大阪に行くこと、達也への感謝。モルケルテンを分けてもらわなければこんな未来を迎えることはできなかっただろう。まとまりのない下手な文章だったけれど、精いっぱい綴り、送った。

翌日、達也から返信が届いた。彼は東京の大学へ進学が決まったという。法学部だそうだ。「親父みたいな得体《えたい》のしれない仕事で金儲《かねもう》けするのは嫌だからな。裁判官になって正義を執行する役割を担いたいんだ。最終的には、国が正しさを保つための社会のリーダーになりたい。ようやく自分がやりたいことが見つかった気がするよ」と書かれていた。やはり絵を仕事にする意志はないようだ。もうほとんど描いてもいないのだろう。

いつの間に道が分かれてしまったのだろう。いや、違う。達也は中学生のときから絵を描き続ける意思はなかった。同じ道を歩むというのは自分の願望に過ぎなかったのだ。

社会人になると、人生が加速度的に進むようになった。一日一日はたしかに時間どおり正確に刻まれるが、ふと振り返ると半年や一年があっという間に過ぎているのだ。

矢継ぎ早に飛んでくる仕事を右に左に捌《さば》いていくのは楽しかった。決して手を抜いているわけではないけれど、一枚描くのに何か月もかけるより、締め切りに追われながら描く方が性に合っていた。

朝、目を開けるとまだ中学生であるように感じる日がある。制服に着替え、退屈な授業をやり過ごし、放課後に達也と互いの絵を見せあうのだ。だが、現実は違う。僕は大人で、社会人としてさまざまな悔しさや喜びを経験した。もうあの頃に戻ることはできない。義務感から年に数回送っていたメッセージもいつしか止めた。

それでも達也のことはずっと気にかけていた。大学で妙な団体に加入し、学生運動に携わっていると風の噂《うわさ》で聞いた。当時、大学紛争はすでに全国的に下火にはなりつつあったものの、完全な鎮火にまでは至っていなかった。団体の多くは機動隊に蹂躙《じゅうりん》され、跡形もなく解体された。だが、数少ない生き残りたちはさらに先鋭化していた。国会議事堂に爆発物を仕掛け、警察署に火炎瓶を放り込む。大学運営の適正化や学生生活の保障が主張であったはずなのに、いつの間にかアナーキーで過激な思想に染まっていた。紛争当初は味方であった世論は一転した。裏で支援していた企業も手を引き、資金面でも彼らは行き詰まっていった。

心配は最悪な形で結実した。僕たちが二十二歳のときのことだ。

過激派団体の一つが山梨県内の廃旅館に潜伏している、と情報を得た警察庁が強攻突入した。六名が逮捕され、三名が逃走した。廃旅館の中には二体の遺体が転がっていた。内ゲバの末の殺人だった。

全国紙で達也の名前が報道された。彼は逃走した三名のうちの一人だった。テレビを見て、慄然《りつぜん》とした。彼は社会のリーダーになりたがっていたはずなのに、どうしてこんなことになってしまったのだ。夕暮れの教室でときおり彼が見せた笑顔、スケッチブックに向かう真剣な表情、たわいのない会話。昔を思いだすと胸が苦しくなる。同姓同名の別人であることを願ったが、指名手配書に載っている顔写真は、間違いなくあの達也だった。

メッセージを送ることも考えた。だが、手にしたモルケルテンを動かすことがどうしてもできなかった。訊きたいことはいくらでもある。しかし、書いてしまえば致命的な何かが起きるような予感がした。

結局、送ることは断念した。どうせ返事は期待できないのだ。正直なところ、モルケルテンを無駄にするのも嫌だった。高校生までは毎日のように使っていたけれど、内定をもらったあたりから急に不安を覚え始めた。使い切ったらもう動く絵を見ることができなくなるのだ。アニメは進化しているし、テレビ自体もカラー放送に切り替わった。だが、モルケルテンで描かれたような表現は未《いま》だ他にない。これがなければ、僕は世に評価されるような絵を描くことができないのだ。

その冬、年末年始の休みに三日の休暇を加えてもらい、ビルマに向かった。若手の分際で一週間もの休みを取るのは大それた行為で、先輩たちから容赦なく嫌味を浴びせられた。それでも行き先は絶対に告げなかった。

計画はかなり前から立てていた。社会主義の国だ。そう簡単に入国はできない。手続きは慎重に進めた。挨拶《あいさつ》やお礼の言葉など簡単なビルマ語を学びつつも、現地では通訳を雇うことにした。それまで働いて貯《た》めたお金をすべてつぎ込むことになったが、惜しくはなかった。

着くなり、三十度を超える暑さに驚いた。冬とはとても思えない。空港を出ると、腐りかけの果物のような独特の匂いが漂っていた。

ヤンゴンで通訳と会い、タウンジーに向かう。日本人だとばれると身に危険が及ぶ恐れがあると言われ、顔に褐色のドーランを塗りたくられた。

移動には丸二日かかった。鉄道と手配したぼろぼろのハイヤー、ナナオと呼ばれる牛の一種が引くリヤカーにも乗った。初めての海外旅行だが、カルチャーショックの連続だった。藁《わら》ぶきの家、人々の暮らし、油を大量に使用する食事。すぐに体に不調が表れたが、ここで引き返すわけにはいかない。

なんとかタウンジーに着き、店や屋台を回る。達也の父が来たときから十年が経っているとはいえ、町の風景は昔からそれほど変わっていないと通訳は説明した。物の売買がされている中心部はさほど広くないので、見て回るだけなら一時間もかからない。だが、どこにも売っていなかった。通訳に聞いてもらうが、モルケルテンなど知らないという。そもそも「モルケルテン」などという言葉が存在しないという。達也の父の聞き間違いだったのかもしれない。諦めきれず、町に一泊し、翌日も時間ギリギリまで探し回ったが、やはり見つけることはできなかった。そもそも彼の父親は闇市場で買ったのだ。コネもない旅行客がふらりと立ち寄って入手できるような物ではないのかもしれない。

二十四歳のとき、会社を辞めて独立した。僕が描くイラストやデザインは評判がよく、もはや会社の看板に頼る必要がなくなったのだ。駆ける馬、昼寝する白熊、瞬く星々。描けば描くほど評判は高まっていった。個人事務所を立ち上げることを社長は大反対し、露骨に妨害工作を行ってきた。あれだけ慕っていた社長と憎しみあうのは辛《つら》かったけれど、事業主になるのは長年の目標だった。営業や交渉まで自分で行うのは大変だが、真の意味で〈絵で食っていく夢〉がようやく叶《かな》えられるのだ。会社が長年契約してきた大口の顧客をいくつも抱え、僕は東京で新会社を立ち上げた。

ファミリー向けマンションの一室を仕事場として借り、アシスタントを二人と庶務担当者を一人雇った。確かな成功が得られるまでは必要最低限の人数で仕事を行う予定だった。支払える賃金は少なかったが、幸い、タダでもいいから僕の下で働きたいという若者はいくらでも現れた。

独立してからしばらくはモルケルテンを使用する頻度が増えた。最初に名を売っておかなければ絶対に成功できない。取れる仕事はすべて取りたかった。最後の一本もあと三センチほどしか残っておらず、使うときはできるだけ薄く描くよう心掛けていた。

立て続けに大きな案件を取ったこともあり、専門誌だけでなく一般の雑誌にもインタビューが載り、テレビにも出演した。事務所を一回り大きな場所に移転させ、アシスタントも四名に増やした。ちやほやされるのは気分がよかったけれど、自分の力で得た名声でないことに後ろめたさも感じていた。

都内に植物園が建設される計画が耳に入ってきた。売りは世界各国から集めた数百羽の蝶が飛び交う蝶々温室だ。植物園のロゴがコンペ形式で決められることになった。僕の会社は一番に手を挙げた。最近はアシスタントに仕事を任せる機会も増えつつあったけれど、これだけは絶対に自分が描くと決めた。都の大きな事業だし、競争相手は業界の先駆者たちだ。勝てば名声は確固たるものになるし、自分が制作したロゴが植物園の入口に掲げられ、永遠に残ることにもなる。

ただ、それ以上に僕を駆り立てたのは、社会人になってから初めて蝶を描くチャンスだったからだ。温室に舞う無数の蝶。中央にはひと際輝く黄金蝶がいる。イメージはすぐに湧いた。ロゴなのでシンプルにする必要はあるが、達也の絵を超える絶好の機会だ。僕はもう中学生ではない。経験を積んだ、人気のデザイナーだ。

しかし、どれだけラフを重ねても納得いくものは描けなかった。足元には描き殴ったスケッチが床を覆いつくすほど放り捨てられた。

締め切りが近づいてくると、はっきりと焦りを自覚するようになった。必要以上にアシスタントたちを怒鳴《どな》り、庶務担当の仕事にケチをつけた。残り僅《わず》かなモルケルテンを何度使っても達也の蝶には及ばない。いつしか競争相手はコンペ応募者ではなく、達也になっていた。あの蝶を超えない限り、コンペを勝ち抜くことはできないだろう。いや、コンペは名目でしかない。僕は長年抱え続けている劣等感を払拭したいだけだ。

締め切りまで残り一週間となった日の午後、アシスタントの一人が血相を変えて駆け寄ってきた。仕事場では集中を乱す行為は厳禁にしている。強い腹立ちを覚え、僕は荒い口調で咎《とが》めようとした。だが、先にアシスタントが言葉を発した。

「せ、先生、大変です。警察が来ました」

「警察？」

「は、はい。先生に会いたいと言ってます」

「用件は何だって？」

「教えてくれませんでした。直接先生に話すって言って。ど、どうしましょう。玄関に待たせていますけど」

「追い払ってくれ。今は忙しいんだ」

「で、でも」

「尾中さん、ご協力をお願いできませんかね」

驚いてアシスタントが振り返ると、二人組が立っていた。しわ一つないスーツを着ている。

「ちょ、ちょっと。まだ入室の許可は出していません。だいたい失礼じゃないですか。予約もせずに先生に会いたいだなんて」アシスタントが震える声でそう抗議した。

「それは失敬しました」と右側に立つ男が表情一つ変えずに謝罪した。

「お帰りください。先生は忙しいんです」

「もういい。君はお茶を入れてきてくれ。三人分な」僕はアシスタントを制した。

こちらに拒否権はないのだろう。アシスタントは渋々といった表情で引き下がった。

「どうも、お時間を作っていただきありがとうございます。公安警察の高峰《たかみね》と申します。こちらは秋山《あきやま》」と言い、二人が手帳を見せた。

「公安？」僕は驚く。

「ええ」

「……いったい何の用でしょうか」僕はなんとか平静を装った。

「ここでは声が丸聞こえになってしまいますね」相手はこちらの質問に答えず、そう言った。

「狭い事務所で申し訳ありませんね。まだまだ駆け出しの身ですので」

「警察庁までご足労いただけますか？　あそこなら誰にも聞かれる心配はない」

相手の勝手な提案に鼻白む。

「お断りします。締め切りが近い仕事があるんです。時間がもったいない」

「我々は普段、一般市民はおろか、警察内部でも容易に身分を明かしません。それが、こうやって正式に名乗っているのです。ことの重大さはご理解いただけるかと思いますが」

「命令なら従いましょう。でも、任意というなら同行は拒否します」と僕は突っぱねる。

高峰と秋山が顔を見合わせる。

「――では、人払いをお願いします。そうですね。三十分で結構ですので、ここで働いている方々を外に出してください。お茶はけっこうですので」

高峰はあっさりと方針を変更した。秋山も頷く。この二人は目だけで意思疎通ができるようだ。これ以上要求を断ることはできないだろう。僕はアシスタントたちにしばらく外で休憩してくるよう指示した。

「それで、今日はどういったご用なんですか？」二人に椅子《いす》を勧め、向かい合う。

内心の焦りを隠しているつもりだが、高峰たちには見抜かれているかもしれない。なにせ相手は公安だ。会社員時代も、独立してからも違法行為は何もしていない。ただ一つ可能性があるとすれば、モルケルテンのことだ。あれは普通の代物ではない。法に抵触する重大な何かが隠されているのかもしれない。使ってはいけないものであったのであれば、言い逃れはできないだろう。

「あなたがお忙しいのは理解しました。ただ同様に、我々も遊びで働いているわけではありません。なので、単刀直入に伺います」

僕は生唾《なまつば》を呑《の》み込む。

「佐々木達也のことです。彼の消息を何かご存じではないですか？」

「えっ？」予想外の質問だった。

「佐々木とは中学時代の同級生ですね。わずか三年間ではありましたが、二人の間には強い絆《きずな》があるようだ」

「どうしてあなたにそんなことが分かるんですか？　見ていたわけでもないのに」

「手の内を明かすのは公安の人間にとっては悪手だとされています。しかし、今回は仕方ない。正直に話しますと、我々も行き詰まっているのです。三年前、山梨の廃旅館で起きた事件はご存じかと思います。あそこに佐々木の日記が残されていました。大学に入ってからの分ですが、あの男がどのようにして団体に加入し、思想を形成していったか、とても参考になる資料です。その中に、ときおりあなたのことも書かれていました」

「僕の？」

「ええ、『誠はますます絵がうまくなっている。将来、絶対に成功するだろう』、『誠のデザインが採用されたそうだ。すごい。もう一人前の作家だ』、『今回も返信が書けなかった。苦しい。みっともない。今の俺があいつに返せる言葉なんて何もないんだ』、『あいつは夢に向かって邁進《まいしん》している。翻って俺はどうだ？　俺は今いったいどこに立っているんだ』などです。文通でもされていたんですかね。しかし、不思議と遺留品の中にあなたからの手紙は一つも見つからなかった」

達也が苦しんでいたことを知り、胸が潰《つぶ》れる思いだった。彼の気持ちなど考えもせず一方的に近況報告を送っていた。

「逮捕した者たちは、口を揃《そろ》えて『内ゲバを主導したのは佐々木だ』と供述しています。当時、彼は内部統制委員を任されていました。組織は分裂を繰り返し規模を縮小させていて、これ以上の脱退を防ぐために暴力で新米たちを縛りつけていたようです」

「達也はそんな人間じゃない」

「そうでしょうか。人は変わります。大人になるにつれ純粋さを失う者もいれば、純粋さを保つために過激思想に染まる者もいる」

認めたくなかった。だが、僕は否定する材料を何一つ持ち合わせなかった。

「尾中さん、あなたはビルマに渡航されたことがありますね。目的は何だったのですか？」

突然話の方向性が変わった。どうしてそんな質問をするのだ。いや、その前に、渡航歴まで調べ上げられていることが恐ろしかった。

「もしかして、佐々木はビルマに潜伏しているんじゃないですか？」

「はっ？」驚いてつい声が大きくなった。

「佐々木の父親もビルマで稼いでいた時期があります。不思議な話ですよね。接点のない二人の間に、通常ではありえない共通項目がある。その結び目に佐々木がいるんじゃないか。最初からビルマを海外拠点にするために関係者を使ったのではないか。私たちはそんなことも想像しているんです」

言葉が出ない。

「ご存じでしょうが、共産圏というのは面倒なんです。こちらがどれだけ照会をかけても反応が得られない。ただ、あなたや佐々木の父親がビルマに行っていた事実、そして佐々木が所属している団体がマルクス主義の流れを汲《く》んでいること、それらを組み合わせると、可能性は低くないと踏んでいます」

「見当違いです。達也はビルマになんていない。いくらなんでも飛躍しすぎでしょう」

「じゃあ、どこにいるんですか？」

「知りませんよ。僕たちは中学校を卒業して以来一回も会っていないんです」

「虚偽の発言はあなたのためになりませんよ。殺害された二人の遺族たちは、いまだ心の傷を抱え続け、正義が執行されることを願っています」

「虚偽なんかじゃありません。そんなに疑うなら、令状をとって正式に捜査してください。嘘《うそ》発見器にでも何でもかければいい」僕はそう声を荒らげた。

「……分かりました。では後日、改めて伺いましょう」

高峰と秋山は立ち上がり、仕事場を出ていった。引き際は思いのほか潔かった。

気を取り直して机に向かった。だが、どうしても心がかき乱れてしまう。達也が人を殺した？　そんなはずがない。僕が知る達也はそんなことをする人間ではない。いや、自分は彼の何を知っているというのだ。さきほど刑事に告げたとおり、中学校を卒業してもう十年も顔を合わせていない。一緒に過ごした時間の三倍以上の時が流れている。僕が知っている達也はもう存在しないのかもしれない。

三日間だけ進行中の依頼をすべてストップさせ、植物園のコンペに集中することに決めた。従業員に休みを与え、独《ひと》りで仕事部屋にこもる。雑念を捨て、最高の蝶を描くのだ。全体のレイアウトは決まっている。カラフルな植物、温室のガラス、無数の蝶。あとは中央の黄金蝶だけなのだ。

だが、どれだけ時間をかけても納得がいくものはできなかった。蝶自体は小さくシンプルなものだが、それだけに違いを生むことが難しい。普通に描けば周囲の蝶に埋没してしまうし、派手に描けばわざとらしさが生まれてしまう。モルケルテンはもうほとんど残っていない。静かな部屋にいるにもかかわらず、常にどこからか雑音が聞こえてくる。僕は何度も窓の開閉を確認し、電話の線も抜いた。雑音は、外部からではなく自分の内側から発生しているのだと気づいたのは二日目の深夜だった。

ここ数日ろくに食べていないし、睡眠もほとんど取っていない。いったい何羽の蝶を描いただろう。これだけ経験とスキルを積んできたのに、中学一年生の絵に勝てないというのはいったいどういうことだ。僕は室内で奇声を発し、自分の髪を力任せに引き抜いた。頭がおかしくなりそうだ。いや、もうおかしくなっているのかもしれない。

三日目の朝。もう無理だ。このままでは間に合わない。最後の手段だ。助けを求めよう。手を差し伸べてほしい人物は一人しかいない。

達也、久しぶり。これがちゃんと届くことを願っています。

僕がまがりなりにも絵を職業にできているのは、達也のおかげだ。君との三年間がなかったら今の自分はないと思っている。感謝の気持ちを忘れたことはない。

数日前、公安の人間が僕の事務所にやってきた。廃旅館での出来事を聞かされたよ。君を捜しているそうだ。たぶん僕は数多くいる参考人の一人程度だろうけど、もしかしたら電話は盗聴されているかもしれないし、郵便物は中身を盗み見られるかもしれない。なにせ相手は公安だからね。だから、誰にもばれないこの方法を選んだんだ。まあ、達也が今どこにいるかも分からないから、いずれにせよこれしか手段はないんだけどね。

廃旅館で起きたことの真相は分からない。だから、自首を勧めるつもりはないし、逆に逃亡を手助けする気もない。自分でもひどい人間だと思う。保身のために傍観を決め込んだんだ。ただ、公安がまだ諦めずに君を追っていることだけを伝えたかったんだ。

残り一センチほどとなった鉛筆を指でつまみ、そんなメッセージを綴った。相手の名前を書き、最後に郵便配達人の絵を描き、メッセージを持たせる。配達人はメッセージを手にすると、すぐにスケッチブックから出ていった。

祈るような気持ちで白紙になったスケッチブックを見つめ続けた。これで駄目ならもう終わりだ。コンペに勝つどころか、化けの皮が剝《は》がれ、今後ひとつも仕事を受けられなくなるに違いない。破滅が待っているのだ。

疲れのせいで、いつの間にか眠ってしまっていた。椅子から落ちそうになり目が覚めると、スケッチブックが白紙ではなくなっていた。

誠、連絡ありがとう。自分の事務所を持つまでになっているんだろう。すごいよ。俺のおかげなんかじゃない。誠は自分の力で夢を叶えたんだ。胸を張っていい。

短い文章だったが、間違いなく達也の文字だった。手紙を運んできてくれたのは猿だった。忘れるはずもない。モルケルテンを初めて披露してくれたときの、あの猿だ。懐かしさで目頭が熱くなる。達也が自死を選んでいる可能性も考えていたので、返事が届いたことが何より嬉《うれ》しかった。

達也は今どこで、どうしているんだい。いや、無理に詮索するつもりはない。単純に友達として心配しているんだ。もちろん公安には伝えない。

廃旅館から逃げ出した後は、日本各地を転々としている。日雇いの仕事なんかをしながらね。長くいると素性がばれるから、数か月単位で別の土地に移っている。東京のほうが仕事はあるんだろうが、さすがに公安のお膝元で働くわけにはいかないからな。馴染もうとしないからか、どこに行っても嫌われ、怒鳴られる。惨憺《さんたん》たる日々だよ。中学生の頃はこんな未来は想像していなかった。

組織のアジトは全部公安に潰された。だが、それでよかったのかもしれない。毎日汗を流しながら働いていると、凝り固まっていた思想が次第にほぐれていった。それが、今の生活で唯一よかったことだな。いや、本当は学生時代から分かっていたんだ。間違っていることをしていると自覚していたから、お前からのメッセージに返信することができなかったんだと思う。最初からこうやって体を使った仕事を選んでいればよかったんだ。後悔してももう遅いが。

公安の奴らは俺が殺したと言っていたんだろう？　だが、違う。それだけはやっていない。俺は生贄《いけにえ》の羊に仕立て上げられたんだよ。仲間に売られたんだ。もちろん罪はある。あの場にいて、凄惨《せいさん》な出来事を止めることができなかったんだからな。一生日陰者として生きていく覚悟はある。それでも、俺が手を下したわけでも、指示を出したわけでもない。それだけは信じてもらいたい。

信じるよ。友達だから。

ありがとう。世の中に一人でも味方がいると思えるのは、なにより心強いことだよ。公安は当然俺の実家にも行っているだろう。親父の胡散臭《うさんくさ》い商売も調べられているに違いない。もう両親に顔を合わせることはできない。馬鹿だよな。若気《わかげ》の至りで済ませられる話じゃない。だが、あのときは本気で自由を勝ち取りたかったんだ。大学や社会の方針に納得できなかった。当初は夜通し熱く語り合える仲間もいたし、崇高《すうこう》な理想が俺の体を突き動かしていた。その結果がこれだ。夢を叶えた誠とは大違いだ。惨めな人生だよ。何が「社会のリーダー」だ。お笑い草だ。

なんと返していいか分からなかった。慰めるのも、励ますのもお門違いだろう。彼がそんなことを求めているとも思えない。僕たちはまるで違う道を歩んでいる。これ以上、彼の気持ちに寄り添うことは不可能だ。

多少不自然な流れではあるものの、僕は思い切って本題を切り出すことにした。

僕は今、植物園のロゴを制作している。コンペだから一位にならなくちゃいけない。黄金の蝶を描くつもりだ。でも、どうしても納得いくものができないんだ。これまではモルケルテンを使えば、他の人間には真似《まね》できないものが描けていた。だけど、今回だけは駄目だ。何十回、何百回トライしても、中学校の壁に描かれた達也の絵を上回ることができない。追いかけても追いかけても達也が描いた黄金の蝶に辿《たど》り着けないんだ。いや、むしろ遠のいているかもしれない。苛々してアシスタントに当たり散らしたりしてさ。思えば僕こそ、ひどい大人になってしまったものだよ。絵で食べていきたい。それだけを願っていたのに、お山の大将みたいに偉ぶってね。ほら、これが現時点での案だ。ひどいものだろう。

僕は黄金蝶のイラストを添えてメッセージを送った。

返事はすぐにきた。

最高の絵じゃないか。シンプルなのに命の鼓動を感じる。この蝶は生きて、舞っている。俺が大昔に描いたものなんて目じゃない。すごいよ。モルケルテンの力なんかじゃない。お前の実力だよ。この絵を出せばコンペに負けるはずがない。誠が追いかけている黄金蝶は幻影だよ。とっくの昔に追い抜いている。

そんなことはない。達也とは生まれ持った才能が違うんだ。僕なんて、モルケルテンがなければ何も描けないんだ。昔、達也は自分のことを「ペテン師」だと言ったよね。でも、本当のペテン師は僕のほうだったんだ。本来はこんな地位に就くような人間じゃない。場違いなんだ。でもね、みっともない話だけど、今のポジションを失いたくない。モルケルテンはもう残り僅かしかない。これが尽きたら僕の運命は終わりだ。


自分に自信が持てないのは誠の悪い癖だな。昔から変わってない。俺と真逆だ。そんな二人が友達になったんだから、運命ってのはつくづく不思議なもんだな。

幻影を打ち破る方法を教えてやるよ。

今すぐ俺たちが通ったあの中学校に行くんだ。そして、壁画を確認しろ。もう一度黄金蝶を見れば幻影はきれいさっぱり消えて、自分に自信が持てるはずだ。

それが俺にできる最後のアドバイスだ。

どこにいても誠のことを応援しているよ。


そこでメッセージの往復は終わった。こちらから送っても、もう返信はこなかった。

僕はアドバイスに従うことにし、財布だけを手に事務所を飛び出した。タクシーを拾い、わざと回り道を指示する。公安の尾行がついていないことを確認してから空港に向かった。

飛行機で福岡に着くと、実家にも寄らず中学校へ向かった。もう日が落ちている。あまり時間はない。今日中に東京に帰らなくては締め切りに間に合わない。空港から乗ってきたタクシーをそのまま待たすことにした。

就職してからも年に一度は実家に帰っていた。だが、中学校に赴くことはなかった。いつでも来られたのにそうしなかったのは、きっと無意識のうちに怖がっていたのだと今は分かる。才能の差を再び目《ま》の当たりにする勇気がなかったのだ。

壁画は汚れ、塗料もずいぶん落ちていたけれど、まだ残っていた。記憶を頼りに黄金蝶が描かれた場所へ向かう。

あった。

達也のアドバイスは正しかった。彼の描いた蝶は、今でもいきいきとした魅力を放ってはいるものの、あのとき受けた衝撃はもう感じなかった。頑固なシミのように張りついていた劣等感が剝がれ落ちていく。勝ち負けではないし、良し悪《あ》しでもない。自分は自分なのだ、とようやく理解することができた。僕は黄金蝶を追いかけていたのではなく、捕らわれていたのかもしれない。

今描いているもので間違ってはいない。事務所に戻ってもう一度真剣に向き合おう。明日までに完成させなければならないが、きっとできるはずだ。達也のおかげで覚悟が固まった。

ふと、黄金蝶の下に以前はなかったものが描き足されていることに気がついた。矢印だ。地面に向かって細い線が加えられている。指された場所だけ草が抜け、土が露出していた。僕は屈《かが》みこみ、手で地面を掘った。指は大切な商売道具だが、今はそんなことは気にならなかった。三センチほど掘り進んだところで、何かが手に触れた。

鉛筆だ。

周囲は暗く、土で汚れてもいるものの、それが何かはすぐに分かった。モルケルテンだ。達也が使わずに一本だけ残しておいてくれたのだろう。昼のやりとりの後、ここに来たということか。それであれば達也は福岡か隣県あたりに潜伏していることになる。僕は顔をあげ、周囲をきょろきょろと見渡した。だが、彼の姿を見つけることはできなかった。

代わりに年配の男性が近づいてきた。公安かもしれない、と僕は身構え、モルケルテンをジャケットの内ポケットにしまい込む。

「あのぉ、もしかして尾中誠さんですか？」白髪の男性がそう声をかけてくる。

隠しても意味ないだろう。僕は立ち上がり、「はい」と頷いた。相手はスーツ姿だったが、上着はいくぶんくたびれている。

「やっぱり！」と男性は顔をほころばす。

「私、ここの校長をしています。帰宅しかけていた先生から、不審な者がいると言われ来てみたんですが、まさか尾中さんとは」

「僕のこと、知っているんですか？」

「もちろんです。テレビも見ましたし、雑誌も読みました。母校の誉《ほま》れですよ」

昔とは人員が入れ替わっているとはいえ、好きになれなかった中学校の教員に誇ってもらえる存在になったなんて不思議な感覚だ。

「こんなところで何をされているんですか？　今は東京に住まれているのでしょう」

「その、ちょっと」と僕は言葉を濁す。

「よかったら校長室でお茶でもどうですか？」

「すみません。すぐに東京に戻らなくちゃいけないんです。タクシーも待たせているので」

「そうですか。お忙しいですもんね」

「いえ、まあ」

「そうだ。次に戻ってこられるとき、よかったらこの壁画を塗りなおしてくださいませんか。前に描かれたのはいつか分かりませんが、もうずいぶん色が落ちているので」

この校長は僕たちの代が描いたことを知らないようだ。

「すみません。もうそろそろ――」

「なにぶん公立中なのでボランティアでやっていただくことになりますが、まあ、故郷に錦を飾った証《あかし》として」と言って大仰に笑った。

ずいぶん勝手なことを言うものだ。僕は職業として絵を描いていて、無報酬で依頼を引き受けるなどありえない。今が夜でよかった。日中だったら不快感が顔に表れるのを隠せなかっただろう。

僕は挨拶もそこそこに、逃げるようにしてタクシーに飛び乗った。

あれからずいぶん時間が過ぎたのに、教員の体質は何も変わっていないようだった。どうしてあんな厚顔無恥な発言ができるのだろう。言葉は丁寧《ていねい》でも無意識のうちに相手を見下している。絵描きなんて一段も二段も下の職業だと思っているのだろう。

タクシーの窓から景色が流れていく。懐かしい風景のはずなのに、どこかよそよそしく感じられた。僕はもう福岡の人間ではなくなってしまったのかもしれない。自分が感傷的になっていることは自覚できていたが、それでも目に涙が浮かんだ。

そのとき、路上に立っている男が見えた。パーカーのポケットに両手を突っ込み、こちらをじっと見ている。

達也だ。

だが、タクシーが角を曲がったため、その姿はすぐに見えなくなった。

「停《と》めてください！」

「えっ？」

運転手は速度を緩めはしたものの、ブレーキは踏まなかった。混乱しているのだろう。さきほどまでは急いで空港に向かうよう頼んでいたのだから。

「停めるんですか？」

「――いえ、すみません。そのまま行ってください」

僕は思い直し、そう謝った。会って話す気があるなら、タイミングは他にいつでもあったはずだ。達也はあえてこの瞬間を選んだのだ。

「せめてお礼くらい言わせてくれよ」と僕は車内で呟く。

しかし、もうモルケルテンには頼らないつもりだった。魔法に頼るのは終わりだ。この一本はお守り代わりに持っておく。これがあれば達也が傍で励ましてくれている気持ちになれる。

気が変わった。校長の申し出を受け入れよう。コンペが終わったら壁画を描きに戻ってくるのだ。教員でも生徒でもない、若いリーダーが人々を率いる壁画を描こう。校長はびっくりするだろう。いや、激怒するかもしれない。それでも、僕の署名があれば簡単には消せないはずだ。

達也がいつまで福岡にいるのかは分からない。それでも、いつか自分がモデルとなった壁画を見る日はきっと訪れるだろう。その瞬間を想像して、僕は小さく笑った。

ジュン＝カン

シュン＝カンは強い振動で目が覚めた。驚いて室内を見回すが、変化は何も起きていない。おそらく自走式レジデンスが大きな岩か何かを踏んだのだろう。時計を見ると標準時間午前五時だった。こんな時間までレジデンスが移動を続けるのは珍しい。今回はかなり遠くまで行くようだ。

起き上がろうとしたが、空腹のため体に力が入らなかった。いよいよ死期が迫っているのかもしれない。地球から六百光年離れた開拓惑星ニョゴ61に送られ三年。大気の大半を二酸化炭素が占め、重力が地球より二割ほど重いこの環境で、思えばよくもここまで生き永らえてきたものだ。地球では一貫して文官として働いてきた。六十歳を過ぎて肉体労働に従事することになるなど想像だにしなかった。狭い部屋、粗末な服。ついには食事さえまともに供給されなくなってきている。

無人補給船の往復が途絶え二か月。日に日に提供量が減ってきており、総勢三十四名いる囚人たちの不安は最高潮に達しようとしている。ストックはあとどれくらい残っているのだろう。補給船はなぜ到着しないのか。航行中のアクシデントであれば、至急代替船を送ってもらわなければ食糧が枯渇する。だが、この星に人間の看守はいないため、原因を問うことも、緊急信号の発信を要請することもできない。シュン＝カンはため息をつき、伸び放題の顎ひげを触った。栄養不足にもかかわらず、爪や体毛は伸び続けている。生きている証《あかし》かもしれないが、可能であればその分の栄養素を生命維持に回したかった。

囚人の一部が密《ひそ》かに反乱を企てていることは知っている。マーダーマシン〈オナジ〉を破壊し、自由を勝ち取ろうというのだ。若い連中の発案だ。だが、アモルファス金属で構成され、電子銃や物理銃で武装しているマーダーマシンには何人がかりで襲いかかろうとも到底倒せるとは思えない。死体の山ができあがるだけだ。囚人が暴動の末に死んでくれれば、地球の権力者たちは喜ぶだろう。

そもそも、オナジを倒したとしてどうなるというものでもない。船がなければこの星から逃げ出すことはできないのだ。食糧配給システムを壊し、一時的にでも空腹を満たそうというのか。それこそ愚行だ。浅薄な者たちは「補給船が来ないのは俺《おれ》たちを餓死させるためだ」などと囁《ささや》き合っているが、大きな勘違いだ。システムは必要なエネルギー量を計算し、ぎりぎりの分量を配給している。囚人たちを苦しめるためではなく、生かし続けるための差配なのだ。だいたい、そのような面倒なことをするくらいなら、レジデンスの周囲五百メートルをカバーする大気バブルを止めてしまえばいいのだ。アクチュエータの不具合などと偽って実行すれば、囚人たちは瞬時に命を絶たれる。

政治犯や思想犯たちは、権力者たちにとって扱いにくい存在だ。地球には世界統治機構の強権に反対する集団や一定の発言力を持つ人権団体が存在している。自然死でない形で命を奪われ、それが報道されれば大きな騒ぎになる。世界統治機構としては「安全に放置」しておきたいはずだ。補給船は予期せぬ事故か何かで遅れているだけで、まもなく到着する。そう信じて待つしかない。

食事は減っても労働量は変わらない。シュン＝カンたち囚人は毎日十時間の資源採掘を強いられている。希少資源が埋蔵されている可能性が高い地域が機械判定され、夜中のうちにレジデンスごと移動し、朝から単調な作業に従事する。いくら確率が計算されているとはいえ、地球よりも一回りほど大きいこの惑星で、たった数十名による作業で希少資源など見つけられるはずがない。せめて大規模掘削機でもあれば別かもしれないが、囚人たちに渡されているのは小型の電気ドリルだけだ。指定されたエリアを数週間から数か月ほど掘り続け、何も出なければ別の場所にレジデンスごと移動する。

配膳ボックスが開き、朝食が供給された。パン一つにキューブ状の栄養体。年寄りでもこれだけでは足りないのだ。若いタンバ・ナリツネなどにとってはまったく不十分だろう。

定刻になり、部屋を出る。電気ドリルを持つだけでも気力を振り絞る必要がある。疲労が限界を超えて蓄積している。いっそ死んでしまえば楽になる。これまで何度もそう考えた。だが、無実の罪を着せられ、いわれなき汚名を負わされたまま息絶えるわけにはいかない。ベンジャミン・タイラーの思いどおりにはさせない。ここで生き続けることがせめてもの抵抗のつもりだった。

なにより、もう一度妻に会うまでは死にきれない。

地球で立てていたクーデター計画に関しては、情報が漏れないよう妻には打ち明けずに進めていた。万が一の際、巻き添えにしないためでもあった。そのため、今でも彼女は夫が本当に非道を働いたと勘違いしているかもしれない。地球に戻り、黙っていたことを妻に謝るまではどれだけ惨めだろうが生き抜く所存だった。三十年以上連れ添い、苦楽を共にした夫婦だ。こんな終わり方では死んでも死にきれない。

窓の外、百メートルほど先に湖が見えた。いや、海か。マップ情報では「トーキョーベイ」と記載されている。馬鹿馬鹿《ばかばか》しい。本物の東京湾とは似ても似つかない。多くの開拓星では、このように地球上の土地に見立てた地名がつけられている。小高い丘はチョモランマ、崖がある場所はグランドキャニオンといったふうにだ。遠く異星で生きる者の郷愁《きょうしゅう》を癒すためだろうが、むしろ腹立ちが募る。

ニョゴ61には大量の海水があり、微生物レベルの生命も確認されてはいるものの、植物や脊椎動物はまだ存在していない。誕生してまだ十億年程度の若い星なのだ。酸素の含有量はごくわずかで、こうやって大気バブルに覆われていなければ人間は生きていけない。それでも、世界統治機構が本気で取り組めば五十年ほどでテラフォーミングは可能だろう。だが、ここは地球から距離が遠すぎる。もっと近くに適した惑星はいくつでもある。そのため、発見されて以降、ニョゴ61は流刑星としてしか活用されていない。

囚人たちが外に整列する。誰もが痩《や》せ細り、目の周《まわ》りが落ち窪《くぼ》んでいる。オナジが人数をチェックしている。毎日繰り返される光景。ここでは人間と機械の主従が逆転している。

海を見ると胸が絞めつけられる。拘置所の格子から見えていた東京湾。公判中、海を挟んだ向かい側に住む妻のことを毎日想《おも》っていた。一言でいいから話がしたい。だが、妻には裁判の傍聴許可さえ与えられなかった。異例の速度で結審され、飛行艇で遠海の射出基地に送致された。内乱罪により二百年間の流刑。誰に見送られることもなく地球を追い出された。

自走式レジデンスの中からプロヴァがこちらを見つめていることに気づいた。彼女は受刑者ではないため、ただ一人、使役を免除されている。代わりに、レジデンス内の清掃や簡単なメンテナンスを担当させられている。二十年前、流刑にされた女から生まれた私生児だと聞いている。ろくな医療設備もないこの星で、よく今まで生き延びられたものだ。母親は彼女が一歳になる前に死亡した。親の顔を知らず、地球を見たこともない、不幸な女性だ。

作業開始直前、囚人の一人が駆けだし、オナジに襲いかかった。電気ドリルは生体には非反応となる仕組みだが、相手は機械だ。しかし、オナジは瞬時にアームを伸ばし、男の体をいとも簡単に弾《はじ》き飛ばした。起き上がろうとした男の足下に高い音を立てて物理弾が撃ち込まれる。槍《やり》の穂のような形をした細長い凶器が、つま先のわずか一センチ先に突き刺さった。男は恐怖で動けなくなってしまった。

反逆者として抹殺することもできただろう。だが、オナジはそうしなかった。どのようなプログラムが組み込まれているかシュン＝カンには分からない。だが、人間が太刀打ちできない存在であることは否応《いやおう》なく再確認できた。

起き上がれない男を他の囚人たちが抱え上げる。耳に入っていた計画とは異なる行動だった。空腹に耐えかねた、衝動的な行為だったのだろう。愚かだ。命は取られなかったとはいえ、この一件は世界統治機構に報告され、刑期が延長されるだろう。大半の者が寿命よりはるかに長い懲役を課されている。今さら何年伸びようとも変わらないのかもしれないが、減刑や恩赦からはさらに遠く離れたといわざるをえない。

オナジは何ごともなかったかのように作業開始のビープ音を鳴らす。めいめい散らばり、地面を掘削していく。無駄だ。こんなことをしても何の意味もない。そもそもこの星には希少資源などないのかもしれない。ロシア人が書いた大昔の本で読んだことがある。永久に目的を達することのない単純作業をさせるという古典的な拷問《ごうもん》だ。

「シュン＝カン様、大丈夫ですか？」タンバ・ナリツネがすっと近づき、低い声で話しかけてきた。

「……何がだ？」シュン＝カンは訊《き》き返す。

「作業の手が止まっています。長くなるとオナジに目をつけられます」囁き声でそう忠告してくる。

自分でも気づかぬ内に掘削を中断させていた。

「すまない」とシュン＝カンは詫《わ》びる。

「お気をつけくださ い。あと、夕食前に少しだけお時間をいただけますでしょうか」

「時間？」

「ええ、そうです」

「何ごとだ？」

「詳しくは後ほど。何卒《なにとぞ》お願いいたします」そう言うと、彼は持ち場へと戻っていった。

数時間の労働が永遠のように感じられる。とうの昔に限界を超えているはずなのに休まず穴を掘り続けている。自分の体に今さらながら驚く。生きて地球に戻るという強い思いだけが生命活動を維持させているのかもしれない。

短い休憩を挟んで午後の作業が始まる。内容は同じだ。三年間ずっとこうやってきた。ニョゴ61が流刑星になって五十年以上経《た》つという。歴代の囚人たちは意味のない穴掘りを続け、朽ちて死んでいった。今、ここにいる者たちも遠からず仲間入りするだろう。

部屋に戻り、ベッドに倒れ込む。疲労と空腹。これ以上は無理だ。毎晩同じことを考える。だが、翌日になれば重い体を引きずって再び作業を始める。一縷《いちる》の、いや、それ以下の望みにすがり生き続けているのだ。怒り、恨み、屈辱。そんな感情は消えることなく心の底に残っている。生き残るためならどんな感情さえも燃料にするつもりだ。

内乱罪。

世界統治機構を転覆させようとしたことは事実だ。正確にいえば、総長であるベンジャミン・タイラーを失脚させようとした。理事に就任するまで、あの男の悪事に気づきもしなかった。外面《そとづら》がよく、目立つ施策を連発するだけの実行力もあったため、多くの人民に支持されていた。前任の総長が役に立たない者だったのでなおさらだ。弁舌も巧みで、いつも聴衆を魅了していた。だが、裏では不正会計や収賄《しゅうわい》に手を染め私腹を肥やすとともに、機構の人事を掌握《しょうあく》して敵対勢力を容赦なく排除していた。シュン＝カンは権力争いや金稼《かねかせ》ぎには無頓着《むとんちゃく》で、とにかく地球環境のために必死に仕事をしてきただけだ。審議官に昇格してからも愚直に取り組み、結果を残してきた。無知だったのだ。

使い勝手のいい人間だとタイラーは判断したのだろう。ごぼう抜き人事で一気にシュン＝カンを理事に就任させた。従来、ノンキャリアの者は就けない上位役職だ。驚いたが、それ以上に誇らしかった。長年やってきたことが最高の形で認められたのだ。高級レストランを予約し、妻と二人で静かに祝った。

だが、高みに上がれば、これまで見えなかったものも見えるようになってくる。東京オフィスで大きな執務室をあてがわれ、東アジアの案件を一手に担うこととなった。これまではさまざまな計画を実行に移すため駆けずり回っていたが、一転して部下たちを走らせることが主な仕事となった。毎日、無数の書類を決裁していく。

おかしい。数字が一致しない。

ある日、オフィスで手が止まった。紛争地域であるクザンへ派兵する案件だ。総長直々の計画だが、辻褄《つじつま》が合わない部分がいくつも見つかった。国際法を蔑《ないがし》ろにしている点も気になる。悩み、三日ほど決裁を留保していたら、ロンドンの本部から連絡があった。

「まずは就任おめでとう。挨拶《あいさつ》もできなくて悪かった。諸々《もろもろ》立て込んでいてね」

ホロに映る相手は総長のベンジャミン・タイラー本人だった。

「いえ、そんな。わざわざご連絡いただき恐縮です。お引き立てに応えられるよう精一杯努力いたします」

相手は十五歳も年下だが、シュン＝カンはひどく緊張した。世界を統《す》べる人物だ。仕立てのいいスーツ、自信に満ちた口調、完璧に整えられた口ひげ。過去に国際会議などで直接顔を合わせたことはあるものの、面と向かって一対一で会話するのは初めてのことだった。

「シュン＝カン理事、君にはとても期待している。地球環境は日増しに悪化している。それを食い止め、より良くしていくためには君の力が必要だ。世界統治機構は今後さらに実行力を増していかなければならない」

「承知しております」

「ところで、いくつかの書類が東京から先に進んでいないようだが、どうかしたのかね？」

「滞っており申し訳ありません。数字に不審な点があり、私のほうで確認していました」

「数字とは？」タイラーが眉をひそめる。

「紛争調停のためにクザンへ派兵する人数です。二十万人と記載されていますが、どう見積もっても多すぎです。桁が一つずれているといっても過言ではありません。必要以上の派兵は新たな火種となる恐れがありますし、関係諸国を刺激することにもなりかねません。また、諸々の費用も高額になります。私の耳に入ってきているクザンの情勢と、必要な種々の数字が一致しないのです」

「国家という括《くく》りは形骸化し、すでに役割を果たしていない。クザンの件は機構の力を改めて披露するのに打ってつけなのだ。圧倒的な兵力と物量。日和見主義の国々は今回を機にこちら側になびくだろう。問題は何もない。丁寧《ていねい》な説明なしに書類を回したことは謝ろう。だが、君は理事なんだ。そのような細かい数字を一つひとつ確認する必要なんてない」タイラーは微笑《ほほえ》みかけながらそう言った。

「しかし――」

「いいから早く決裁するんだ！　時間がない。君はクザンの情勢がこれ以上悪化しても構わないというのか！」相手は表情を豹変《ひょうへん》させ、そう声を荒らげた。

「……承知しました」

　あの地域の状況は特に細かく追っている。どう見積もっても二十万人もの派兵は不要だ。費用や国際関係だけの問題ではない。この決裁如何《いかん》によって、送られる兵士や現地の住民の人生も大きく変わる。書類の先には人々の生身《なまみ》の生活があるのだ。

一旦《いったん》対話を終え、結論を先送りにしようとしたが、タイラーはそれを許さなかった。腕を組み、目の前で決済するまで接続を切らなかった。相手は世界統治機構総長だ。応じないわけにはいかなかった。

あれはこちらを屈服させるための通過儀礼であったのかもしれない。以降、何度も記載内容に納得できない書類に承認させられることとなった。

世間を知らなさ過ぎたのだ。世の中に汚濁があることは理解していても、世界統治機構だけは無縁であると信じていた。世界を良くするための組織だ。シュン＝カンは理想を抱いて職に就いたし、共に働く仲間たちも同様だった。意見の衝突はあっても、目指す先は一致していた。だが、総長や取り巻きたちは利権や私欲にまみれていた。クザンの件でも巨額の金がタイラーの懐に流れ込んだ節がある。機構が掲げる目標など幻想にすぎなかったのだ。

案の定、クザンでは住民による暴動が起き、鎮圧の際に多くの死傷者を出した。あの決裁のせいで命を失った者がいるのだ。この地位に就いた段階で、自分の判断によって人命が失われることとは覚悟していた。だが、これは完全に無駄な死だ。

タイラーは総長にふさわしい人物ではない。真実を世間に知らしめなければならない。だが、表立って反抗すれば理事の座を剝奪《はくだつ》される。力がなければ奴《やつ》を追い落とすことはできない。慎重に進める必要がある。上層部は全員タイラーの息がかかっているものと見做《みな》して行動した。どれだけ腹立たしくとも、どれだけ屈辱的でも、波風を立てず従順な振りを続けた。秘密裏に、失墜《しっつい》させるための証拠集めを開始した。兵士を使わないクーデターだ。いつまでもあの男の好き勝手にはさせない。無論、自分が総長になろうなどとは考えていなかった。機構を正常化できるなら刺し違えても構わなかった。

タイラーの周辺を探っていると、相手も若干の警戒心を見せるようになった。気づかれないよう細心の注意を払っていたにもかかわらずだ。敏感な男だ。

疑いの目を向けられている以上、一人では限界がある。仲間が必要だった。東京支部にいる人員の中からタンバ・ナリツネとテオドロスの二人を選びすべてを打ち明けることにした。これまでの働きぶりから、この二人は信用できると判断したのだ。真実を知ると、彼らは驚き、タイラーの真の姿に激憤した。仲間を作るのは大きな賭けだったが、成功した。彼らは命を預けてくれた。これからは三人で動ける。タイラーの正体を世に晒《さら》せる日も遠くないだろう。

だが、二週間もしないうちに身柄を確保された。特殊部隊がオフィスを急襲し、乱暴に押さえつけられた。完全に不意を突かれ、ナリツネとテオドロスどころか、妻にさえ連絡することができなかった。世界統治機構を破壊し、秩序を乱そうと企図したテロリストと糾弾された。公判では反論の機会すら与えられず、タンバ・ナリツネとともにニョゴ61へ送られることとなった。

あれから三年。現在、世界統治機構がどのような状況か分からない。おそらくタイラーの独裁状態は変わっていないだろう。もし、誰かが奴を打倒してくれれば無実が明らかになり地球に帰還することもできるのだが、その可能性は限りなく低いと認めざるを得ない。

テオドロスがどのような処遇を受けたかは不明のままだ。彼だけ露見しなかったということは考えにくい。違う星に送られたのか、あるいは役割が従属的であったということで減刑されているのかもしれない。いずれにせよ、シュン＝カンとナリツネに、真実を知る機会は訪れないだろう。

ノックの音で目が覚めた。いつの間にか眠り込んでいたようだ。

「どうぞ」とドアの向こうに声をかけ、体を起こす。

「申し訳ありません。お休みでしたでしょうか？」ナリツネがドアの隙間から訊いてくる。

「いや、構わない。中に入りなさい」シュン＝カンはそう答え、乱れた髪を手でなでつけた。

反乱計画に参加してほしいなどという提案であったら断るつもりだった。ナリツネはまだ若いが、聡《さと》い男なので、他の囚人のような安直な発想にはいたらないと信じてはいる。だが、どうしても不安は拭いきれなかった。

「失礼します」

入室してきたナリツネの背後にプロヴァがいた。おずおずとした態度で、目も伏せている。

「ああ、悪いが室内の清掃は後にしてくれないか。私たちは今から話があるのだ」シュン＝

カンは彼女にそう声をかける。

「いえ、違うのです。今日は彼女にも同席してもらわないとならないのです」とナリツネ。

「プロヴァが？」

「はい」とナリツネが頷《うなず》く。

要領を得ないが、シュン＝カンは彼女の入室も認めた。

ナリツネが床に正座し、彼の斜め後ろでプロヴァが倣《なら》った。

「改まってどうしたというのだ。今はお互い囚人の身。そのように膝をつく必要などない」

様付けで呼ぶことも、過去に何度も止めさせようとしたが、彼は今でも頑《かたく》なにこちらのことを「シュン＝カン様」と呼ぶ。

「私とプロヴァは夫婦になることを決めました。どうかお許しください」とナリツネは言い、頭をさげた。

「なんと！」驚き、思わず声が大きくなる。

「化粧もできず、着飾ることもできないこの星ではありますが、だからこそプロヴァの美しい心根が輝いて見えました。彼女もまた私を信頼してくれ、これまでの辛《つら》い身の上を打ち明けてくれました。彼女はこのニョゴ61で親兄弟の愛も知らず、孤独に二十年も生きてきたのです。食糧配給の先行きが見えず、いつまで生きられるかも分からない今、せめて命あるうちに夫婦の契りを結びたいと二人で決めたのです」

あまりのことに言葉が出てこない。

「シュン＝カン様、どうかお認めを」ナリツネがさらに深く頭をさげると、プロヴァも、お認めください、と同様に頭をさげた。

「――認めるも何もない」シュン＝カンが口を開く。

二人が同時に顔をあげる。

「この星に送られて三年、本当に耐えがたい毎日であった。労苦、屈辱、飢え。ナリツネよ、お前を巻き込んでしまったことが何より私の心を苦しめ続けていた。私が仲間に誘い入れなければ、機構の中で仕事を続けられたはずだ。お前の誠実な働きぶりであれば出世も約束されていただろう。それが、今や宇宙の端で終わりのない肉体労働だ。一蓮托生《いちれんたくしょう》を誓いあったとはいえ、どれだけ後悔してもし足りない。何度詫びようと思ったことか。だが情けないことに、声を出そうとすると喉の奥が詰まり、どうしても詫びることができなかったのだ」

「詫びなど不要です！　タイラーの悪行を知らずに、あの男の配下で働くほうが耐えられませんでした。私は何一つ後悔していません。シュン＝カン様から信頼していただき、直々に声をかけていただいたことが心の底から嬉《うれ》しかったのです。それに、このニョゴ61に来なければプロヴァと出会うこともありませんでした。日々が苦しいのは確かですが、今、私の胸は喜びに満ちています」

シュン＝カンは唇を嚙《か》み、手で胸を押さえた。心のつかえが氷解し、滞っていた感情が体内を駆け巡る。せりあがってくる嗚咽《おえつ》を堪《こら》えるので精いっぱいだった。

「シュン＝カン様？」二人が心配そうにこちらを覗《のぞ》き込んでくる。

「――それであれば祝おう。この星で初めてのめでたい出来事だ。ここには仲人もおらず、契りの酒もない。だが、『めでたい』という言葉が何よりの祝福だ。このシュン＝カンが二人の証人と、いや、お前たちの父となろう」鼻声でそう伝える。

プロヴァの表情がパッと明るくなる。

「シュン＝カン様、わたしは親の顔を知らずに育ちました。それが、たった一日で夫とお父様ができたのです。一生の願いが叶いました。こんなに嬉しいことはありません」感極まりプロヴァが泣き出す。ナリツネがそっと彼女の肩を抱いた。

これまでは彼女のことを掃除婦としか認識していなかった。タイラーへの復讐心《ふくしゅうしん》と地球への未練に囚《とら》われ、目の前のことすら見えなくなっていたのだ。それに対し、ナリツネはこの地でも過去ではなく未来を見ていた。心まで囚人になり果てていた身の上をシュン＝カンは深く恥じた。

配膳ボックスが開き、夕飯が届いた。遂《つい》にパン一つだけになってしまった。硬く、粗末なパンだ。シュン＝カンはそれを三等分にちぎり、ナリツネとプロヴァに渡した。

「共にこれを食べよう。同じパンを分かち合うのは家族の証だ」

「しかし、シュン＝カン様、それではあなた様の分が少なすぎます」

「構わない。今はお前たちと分かち合いたいのだ」

ナリツネとプロヴァが同時に顔を見合わせ、頷き合った。

「それでは私たちも」とナリツネが言い、立ち上がり部屋を出ていった。数分で戻ってきた二人の手には自分たちのパンがあった。彼らも三等分にちぎり、渡し合う。

「これで結びつきは一層強くなります」そう言ってナリツネが笑顔を見せた。

「お父様、一緒に食べましょう」とプロヴァ。

最初は唖然《あぜん》としたが、すぐにシュン＝カンも笑い返した。この星に来て以来、声を出して笑ったのは初めてのことだ。春、色とりどりの花が一斉に咲き出すように、温かい気持ちが溢《あふ》れ出てくる。シュン＝カンたちは三年間、プロヴァにいたっては生まれてからずっと感情を殺して生きてきたのだ。空腹も、海より深い恨みも今だけは忘れられる。余興に、とプロヴァが舞った。昔いた四人に習った踊りだという。ナリツネが手拍子で音頭をとる。終末の地で、まさか人間らしさを取り戻せる日がくるとは思いもしなかった。目には見えないが、ここにはたしかな幸福が存在している。

三人で笑いあっていると、外から大きな音が響いた。レジデンスが振動する。まだこの時間に自走を開始することはないはずだ。プロヴァが不安そうに夫を見る。

「補給船でしょうか？」ナリツネがそう訊いてきた。

そうか。遂に食糧が到着したのだ。いつもとジェット音が異なるようだったが、おそらく代替機なのだろう。シュン＝カンは立ち上がり、二人を伴って部屋を出た。通路には他の囚人たちも出てきていた。

レジデンスに出ると、近くに小型のスペースシップが停泊していた。補給船ではない。形状が異なるし、何より小さすぎる。タラップから二人の人間が出てきた。周囲に集う囚人たちを眺めてからバイザーをあげた。シュン＝カンはその顔に驚愕《きょうがく》した。

テオドロス。

彼の背後に立つ男も知っている。モートスという名の男だ。彼の誠実な仕事ぶりを評価していた。反乱を企てたとき、彼も加えるか迷った。最終的には最少人数で計画を進めると決め、もっとも若いモートスには声をかけなかったのだった。今、テオドロスとモートスの二人は他星に遣わされる際の正装をしている。

二人を警護するためにオナジがレジデンスから出てきて、彼らの横に並んだ。

「散れ、散れ！　有象無象に用はない！」テオドロスが荒々しく声をあげた。以前とは異なる粗暴な物言いだ。

「飯だ、飯をくれ！　補給船がもう何か月も来てないんだ」囚人の一人がテオドロスにすがりつこうとする。

「ええい、触るな。汚《けが》らわしい！　飯など知らんわ」テオドロスは囚人を蹴り飛ばした。

周囲に一触即発の空気が広がった。荒くれたちが怒りに任せて襲いかかろうとする。だが、すぐ傍でオナジが目を光らせている。朝、射出された物理弾が警告のようにまだ地面に突き刺さっていた。

「補給船のことはすぐに連絡しましょう。約束いたします」テオドロスの背後に控えるモートスが、囚人たちを宥《なだ》めるように言う。

「お前らに用はない。そこの者たち以外は速《すみ》やかに居室へ戻れ！」テオドロスがそう命令すると、オナジが囚人たちに腕の内蔵銃を向けた。

囚人たちは口々に不満を漏らしながらも、指示に従った。テオドロスが指さしたのはシュン＝カンとナリツネだった。プロヴァも動けずにその場に留まっている。

「そこの端女《はしため》、早くさがれ。聞こえぬか」

「この者は私の妻でございます。臨場をお認めください」とナリツネ。

「なんと、元高官が端女を娶《めと》るとはな」テオドロスは肩を揺らして嘲笑した。

テオドロスの姿を見たとき、我々を助けにきたのだと期待した。どのような方法かによってタイラーを打倒したのだと。だが、相手の態度から、救出が目的でないことはすぐに察せられた。

「私たちに何用か？」シュン＝カンはナリツネとプロヴァを守ろうと前に進み、そう訊《たず》ねる。

「我々は世界統治機構からの正使である。以後、無礼な口を利くことは許さん」テオドロスが厳しい口調で警告してきた。過去に部下であったことなど忘れたかのような口ぶりだ。

「モートス、読み上げよ」テオドロスがそう促《うなが》すと、モートスが一歩前に歩み出て、両手で書状を広げた。

「このたび世界統治機構総長ベンジャミン・タイラー様の御息女婚礼の祝いにより、非常の大赦《たいしゃ》を行う。流人タンバ・ナリツネ一名を赦免とする故《ゆえ》、急ぎ地球へ帰参されよ」モートスが恭《うやうや》しく読み上げた。

「えっ？」ナリツネが声を漏らす。

「聞こえただろう。タイラー総長よりお前に対し恩赦が与えられた。温情に感謝するのだな。国際裁判所で正式な手続きが行われるので、我々と共にあの船で地球に帰るのだ。支度は不要だろう。すぐに乗れ。我々はこれだけのためにこんな辺境まで遠路はるばるやって来たのだぞ。礼の一つくらい口にできんのか」

ナリツネは茫然《ぼうぜん》と立ち尽くしている。

「突然のことに混乱されるのは理解できます。しかし、見てのとおり私たちは正使として参っています。決して嘘《うそ》や罠《わな》ではありませんので安心してください」とモートス。

「御息女の結婚式は、それは壮大で華やかだったぞ。見せてやりたかったくらいだ。ところで、お前たちはどんな式を挙げたのだ？　ぜひ聞かせて――」

「お待ちください」シュン＝カンは意図せず相手の言葉を遮った。無意識の発話だった。

「なんだ？」

「恩赦の通達、心から痛みいります。しかし、私は？　ナリツネだけに恩赦が与えられるのは不自然だ。我々は同じ罪で流刑となったのです。ナリツネが放免されるのであれば、私も同様であるはずです。そうでないとおかしい。あるいは、赦免状の読み落としではありませんでしょうか」シュン＝カンは恥も外聞もなくそうまくし立てた。

「ええい、無礼千万な。正使が読み落とすはずなかろう。疑うのであれば、自分で読むがいい」

テオドロスがモートスから赦免状をひったくり、こちらに投げ捨てた。シュン＝カンは慌てて拾い上げる。

ない。ない、ない、ない。

総長の公印が押印された書面にはたしかにタンバ・ナリツネの名前だけが記載されていた。左に右に何度も視線を往復させるが、どこにも自分の名前は書かれていない。シュン＝カンは赦免状から顔をあげる。

「これは何かの間違いだ。タイラーが書き忘れたに違いない。いや、奴が口にした言葉を書記官が書き洩《も》らしたのだ。そうだ、きっとそうに違いない。地球に連絡を取ってはくれませぬか。誤りが見つかったと」

「こいつ、どこまで無礼を重ねるか。総長を『奴』呼ばわりするなど、地球であれば決して許されぬ所業だぞ。総長ほどの方が失念などされるはずがなかろう。特別に理事にまで引き立てた者がクーデターを企てていたこと、総長はひどくお怒りだ。何があろうとお前にだけは恩赦を与えないと直々におっしゃられていた。シュン＝カンよ、お前は朽ち果てるまでこの地で過ごせとの厳命だ」

そんな馬鹿な。シュン＝カンは崩れ落ちた。

同時に、計画を密告したのはテオドロスだと確信した。

逮捕された当初からうすうす疑念を抱いてはいたが、今の態度ですべてがはっきりした。我々を売り、代わりに立身出世を果たしたのだ。自分に人物を見定める目がなかったといえばそれまでだが、あまりに非道だ。タイラーはわざとテオドロスを正使に指名したのだろう。

「お待ちください。このような判断、到底承服できません」そう声をあげたのはナリツネだった。

「お前は地球に帰れるのだ。何が不満だというのだ」

「シュン＝カン様と私は同罪です。私が赦免されるのであれば、シュン＝カン様も赦免されるべきでしょう。それが道理というものです」

ナリツネにとっても、テオドロスは共にタイラー打倒を誓った仲間だった。裏切りに対し、憤りという言葉では言い表せないほどの怒りを抱いているはずだが、そんな感情を今は押し隠している。

「くどい。そんなことはできぬと言っているだろう」テオドロスは受け合わない。

「ならば、私もこの星に残ります」

「何？」

「ナリツネよ、それは駄目だ」シュン＝カンも慌てて諫《いさ》める。

「いいえ。私はさきほどシュン＝カン様と家族となる契りを結びました。父を置いていく息子がどこにおりますでしょうか。父が残られるのであれば息子も残ります」

「わたしもお父様と残ります！」プロヴァも続く。

ナリツネとプロヴァが膝をつき、シュン＝カンと肩を寄せ合った。プロヴァが大きな声で泣き出し、二人も堪えきれず涙を流した。

「待て待て。赦免状に書かれたことを果たさねば我々が困るのだ」とテオドロス。

「あなたたちの都合など知りません。私は残ると決めたのです。テオドロス殿、あなたの裏切りは決して忘れません。これはせめてもの意趣返しでもあるのです」キッと顔をあげ、ナリツネが答えた。

テオドロスが怒りで顔面を赤くさせる。

「そんなこと認めるか。さあ早く立つのだ」テオドロスはそう言い、ナリツネの襟首を乱暴に引き立てようとした。

「帰らぬ！　帰らぬ！」ナリツネは抵抗し、決して立とうとしない。

「ご両人とも、お待ちください」発言を控えていたモートスが鋭く発声した。

テオドロスの動きが止まる。

「ナリツネ様、赦免状の内容に納得がいかないのは分かります。しかし、ここで断れば総長の逆鱗《げきりん》に触れ、あなたは一生戻れなくなる。それどころか、総長はシュン＝カン様の指示だと邪推し、この方に残されたわずかな可能性までも奪ってしまうかもしれません。あなた様はそれでも構わないというのですか」モートスが諭す。

「モートス、副官の分際で余計な口出しをするな」テオドロスの怒りが、今度はモートスに向かう。

「出過ぎた真似《まね》であればお詫びいたします」とモートスが畏《かしこ》まる。だが、本心は異なるようで、構わず言葉を続けた。

「シュン＝カン様、私はあなたの仕事ぶりに敬意を払っておりました。緻密《ちみつ》さ、判断力、分け隔てない態度。何より、助けを求める人々を最優先させるその姿勢を、勝手ながら手本としていました。そのような方がどうしてクーデターなどを企てたのか、私には量りかねます。しかし、これまでの功績に対し、あまりにひどい量刑。地球に戻りましたら、私の名誉に誓い減刑をかけあいます」

「おい、勝手なことを――」と言いかけたテオドロスの言葉を、モートスは遮る。

「ナリツネ様、だから今は堪え、一緒に地球に戻ってはくれませんか。これは私たちの地位を保全するための言葉ではありません。すべてはあなたの父、シュン＝カン様のためです。このモートスをどうか信じてはくれませんか？」

ナリツネはじっと相手の顔を見つめた。

「……断る。モートス殿の気持ちには感謝するが、やはり父を置いていくことはできない」

「どうしてもですか？」

「どうしてもだ」

「待て。待つのだ」涙を拭い、今度はシュン＝カンが会話に割って入る。

「ナリツネよ、私を父と仰いでくれるなら、どうか地球に帰ってくれ。親はなくとも子は育つ。我が子が不憫《ふびん》な目に遭うのはあまりに忍びない。モートス殿がこの身についてかけあってくださると約束してくれた。私はそれを信じ、ここに残る。だから、一足先に地球に戻ってくれ。そして、願わくば妻に私の言葉を伝えてくれ。『もう少しだけ待っていてくれ』と」

ナリツネは俯《うつむ》き、歯を食いしばった。

「頼む」

「――分かり、ました」ナリツネは切れ切れの言葉で承諾した。プロヴァも必死に嗚咽を抑え込もうとしている。

「ふん、ようやく聞き分けたか。さっさと船に乗り込むんだ。ここの重力は重いし、大気バブルも好かん。酸素はやっぱり天然ものでないとな。こんな星、俺はすぐにでも離れたいのだ」テオドロスが服の乱れを直しながら吐き棄《す》てるようにそう言う。

ナリツネとプロヴァが躊躇《ちゅうちょ》しているので、シュン＝カンは早く行くよう促す。

二人がようやく立ち上がった。のろのろと歩み出したが、名残惜しそうにシュン＝カンを見続ける。

「おいおい、何をしているのだ」振り返ったテオドロスが足を止めた。

「何を、と言いますと？」ナリツネが訊き返す。

「その端女だ。見送りか？」

「見送りではありません。一緒に地球に行くのです。私たちは夫婦ですので」

「はあ？　何を寝ぼけたことを言っているのだ。赦免状にはお前の名前しか書いていないと言ったであろう。連れていくのはお前一人だけだ」

「プロヴァは流人《るにん》ではありません。この星で生まれた罪なき者です。赦免の必要はないのです」

「罪も赦免も関係ない。乗せるのはお前一人と決まっているのだ。そもそも船には重量制限がある」テオドロスは譲らない。

驚きでナリツネは目を見開く。

「お願いします。この三年間で私の体は痩せ細りました。プロヴァも小柄で痩身です。二人で成人一人分の体重しかないでしょう。それでも重量が超過するというのであれば、荷物も全部置いていきます。そうだ、必要であれば料金を支払います。地球に戻ればいくらか資産が残されているはずです。それを全て差し出しますので」

「金の問題でもない」

「それでは、どうしたら」

「どうもこうもない」

「しかし――」

「ナリツネ様、申し訳ありませんが、このスペースシップは四人までしか乗れないのです。重量の問題だけではありません。パイロットと私たち正使、そしてあなた。これ以上の生体が乗ればシステムが判定し、船は飛ばない。総長が直々にそのようなプログラムを申しつけたのです。シュン＝カン様を絶対に乗せないためでしょう」モートスが目を伏せ説明した。

「そんな……」

ナリツネが茫然と立ち尽くす。一旦は泣き止《や》んでいたプロヴァが両手で顔を覆い、再び泣き出した。

「ぐずぐずするな。早く帰るぞ」苛立《いらだ》つテオドロスが声を荒らげる。

「待ってくれ。この二人は夫婦になったばかりなのだ。それを引き裂くなどあまりにひどすぎる。私のことはもう構わない。だが、この二人のことだけはなんとか便宜を図ってはくれないか。モートス殿、どうかお頼み申し上げる」シュン＝カンが背後から頼み込む。

「――それでは、船を往復させましょうか」

「モートス、狂ったか。なんでこんな端女のために往復させなくてはならないのだ。ワームホールの通行料がいくらかかると思っているのだ。こんな馬鹿げたことに公費を使うなど、俺は許さんぞ」

シュン＝カンはひれ伏し、テオドロスに向かって土下座をした。

「莫大《ばくだい》な金がかかることは分かる。だが、人として僅《わず》かでも慈悲の心があるなら、どうか願いを聞き入れてはくれまいか」

「そんなことはできん。タイラー総長より仰《おお》せつかったのは赦免された者を地球に連れ帰ることだけだ。役目を忘れつまらぬ私事にかまけるなど、不忠の中の不忠。関係ない奴らが苦しもうが、不幸になろうが俺が知ったことではない。俺は慈悲も情けも知らん男だ」とテオドロスは突っぱねる。

「そこをどうか」

「くどい！」テオドロスが近づいてき、シュン＝カンの後頭部を踏みつけた。顔が地面にめりこむ。

「何をしているのですか。おやめください」モートスが諫めてくる。

「文句あるか。俺は任務に忠実なだけだ」

「ともかく足をお放しください」

「私のことならどれだけいたぶってくれても構わない。だから、プロヴァも地球に連れていってくれ。テオドロス殿、お頼み申す。夫婦が離れ離れになる苦しさは誰よりも知っている。私も、妻と再会することだけを糧《かて》に生きているのだ。この想いをどうか汲《く》み取っていただけないか」シュン＝カンは悲壮な声でそう頼み込む。口に土が入るのも気にならない。自尊心などとうに捨てた。

「シュン＝カン様、まさか――」モートスが息を呑《の》む。

「お前、もしかして何も知らないのか。まあそうか。ここまで情報が届くことはないだろうからな。知らぬが仏か。いや、親切心から教えてやろう」とテオドロス。足を頭から放し、数歩下がった。

いったい何の話か分からない。

「お前の妻はすでに死んでいる。お前への判決に不満を抱いていたらしくてな、ロンドンの機構本部に単身で乗り込み、総長に危害を加えようとした。もちろん執務室に辿《たど》り着くことなどできるはずもない。出入口で危険物探知機にかかり、警備員が寄ってきたところで刃物を取り出した。総長を連れてくるよう半狂乱になって騒いでな。すぐに俺のもとに連絡がきたから、迷わず鎮圧命令を出した。女は射殺されたよ。夫婦揃《そろ》って危険分子とは恐れいったものだ。俺は反乱の芽を二重に摘んだ功労者として総長から特別表彰をいただいた。ありがたい話だわな」テオドロスが肩を揺すって笑った。

そんな馬鹿な。妻がそんな暴挙に出るとは到底思えない。

「……モートス殿、今の話は事実なのでしょうか？」確認せずにはいられなかった。

「――はい」モートスは苦し気《げ》な表情で頷いた。

「『妻と再会することだけを糧に生きている』だと？　お前は自分の伴侶《はんりょ》が死んだことも知らずに、こんな地の果てで三年も艱難辛苦《かんなんしんく》に耐え忍んできたのだ。実にお笑い草だ」テオドロスが大声で笑った。

シュン＝カンの体はほとんど無意識のうちに動いていた。

朝、オナジが放った物理弾を引き抜き、体ごと相手にぶつかった。一瞬の間をおいてテオドロスが叫び出す。その腹には物理弾が深く突き刺さっていた。

「痛い！　痛い痛い！　なんだこれは。どういうことだ！」テオドロスは喚《わめ》き、尻もちをついた。自らの血が正装を汚す。

「オナジ、なぜ俺を警護しなかった。とにかく、こいつを処刑しろ！　反逆者だ！」

テオドロスが大声でそう命令するが、オナジは動かない。

「ええい、どうした。こんなときにエネルギー切れか。役立たずめ」

テオドロスがそう罵《ののし》ると、オナジは体の向きを変え、一同から背を向けた。燃料が切れたわけではなく、オナジは自らの意志でシュン＝カンの行為を黙認すると決めたようだった。殺されることも覚悟していたので、想定外の反応だった。マーダーマシンが正使を見限るとは考えもしなかった。

――あなたが真に助けを必要としたとき、私は必ず味方になります。

大昔の記憶が蘇《よみがえ》る。オナジとの友情、交わした約束。いや、それはおかしい。ニョゴ61に送られてから三年しか過ぎていないのだ。オナジと意思疎通を図ったこともない。今浮かんだ記憶は前世か、さらに前のものなのかもしれない。

テオドロスが物理弾を抜き、脇に放った。傷口を押さえるためだろうが、逆効果だ。腹に開いた穴からさらに血が噴き出す。シュン＝カンは抵抗できなくなりつつある相手に近づき、もう一度物理弾を拾った。

「モートス、こいつを止めろ。なんとかしてくれ。俺は上官だぞ。おい、モートス、聞いてるのか」

「タイラー総長より仰せつかったのは赦免された者を地球に連れ帰ることだけです。役目を忘れつまらぬ喧嘩《けんか》の仲裁にかまけるなど、不忠の中の不忠でしょう。関係ないことで他人が苦しもうが、不幸になろうが関係ありません。私もまた慈悲も情けも知らぬ男ですので」モートスが冷たい声で言い放つ。テオドロスの顔色は真っ青だ。

とどめを刺そうとシュン＝カンはにじり寄る。

「シュン＝カン様」モートスがそう声をかけてきた。

「止めないでくれ」シュン＝カンはテオドロスから目を離さずにそう答える。

「止めるつもりはありません。ただ、正使殺害は重罪です。本当に一生帰ることができなくなる。あなた様が望むならこの男に治療を施しましょう。そして、この一件は事故として処理します」とモートスが言う。

「気遣いは無用」シュン＝カンは答える。迷いはなかった。

命乞いをする相手の喉に物理弾を突き刺した。テオドロスは末期《まつご》に何かを言おうとしたが、口から血が溢れ言葉にならなかった。目を見開いたまま前のめりに倒れ、絶命した。

妻のいない地球に未練はない。この裏切り者に制裁を食らわせることのほうが重要だった。激情により一時的に忘れていた疲労感が倍化して全身にのしかかってくる。シュン＝カンの手から物理弾が滑り落ちた。

「シュン＝カン様！」

「お父様！」

金縛りが解けたかのように駆け寄ろうとするナリツネとプロヴァを手で制した。

「……モートス殿、これで一席空いたであろう。スペースシップは四人乗り。どうかプロヴァを連れて行ってはいただけないか。このシュン＝カン、最後の願いだ」そう言い、モートスに頭をさげる。

テオドロス殺害の真意を知り、ナリツネとプロヴァが泣き出した。

「──その願い、しかと承りました」モートスは、シュン＝カンよりも深く頭をさげた。

「頼む」

「それではお二人、ご同行願います」

「嫌です。お父様を置いていけない！　私たちは家族なのです！」プロヴァが叫ぶ。オナジが動き出し、プロヴァを抱きかかえるとスペースシップに運びこんだ。ナリツネが何度もこちらを振り返る。

「ナリツネ、幸せにな。来世で会おう」シュン＝カンは相手の目を見据え、そう言った。

全員が乗り込むと、エンジンが点火された。響き渡る轟音《ごうおん》。機体が浮き始める。その場に残されたシュン＝カンはスペースシップを見上げた。

小窓からナリツネとプロヴァがこちらを見つめていた。だが、目を合わせることができず、思わず背を向けた。

スペースシップの音が徐々に遠のいていく。

すべて終わりだ。これでよかったのだ。

部屋に戻ろうと歩み出した。だが、これ以上堪えることはできなかった。シュン＝カンは反転し全速力で駆け出す。

「おおい、おおい」と手を振り、追いかける。未来ある二人のためにすべてを諦めたつもりだった。だが、人としての執着を捨て去ることは遂にできなかった。神や仏のように悟ることなどできない。置いていかれるのが耐えがたい。今生の別れだ。家族となったばかりの者たちを、この星で唯一の仲間を失うのだ。一緒に地球に帰りたい。身が引き裂かれるほどの痛み。喉を嗄《か》らして声を出す。

「おおい、おおい！」

走り、転び、全身を打ちつける。立ち上がり、追いかけようとしたが、目の前はトーキョーベイだった。膝まで海水に浸かるが、それ以上先には進めない。ここが大気バブルの境界線だ。

「おおい、おおい！」

芥子粒《けしつぶ》ほどの小ささになったスペースシップに、シュン＝カンはいつまでも手を振り続けた。

引力

日曜の朝。

葉子《ようこ》は母親が起きてくる前に、ビデオに録画していた二時間番組を再生する。密《ひそ》かに楽しみにしていたノストラダムスの特番だ。外ではすでにセミが合唱を開始していて、子どもたちが空き缶を蹴りながら道路を歩く音も聞こえた。

でも、期待はすぐに落胆へと変わった。

お笑い芸人やエセ学者が予言を面白おかしく茶化すばかりで、ブラウン管に映る人間の誰一人として真面目に取り扱おうとしない。きっとタイムリミットまであと一週間を切ったせいだろう。この時期に滅亡説を語るのは、ひどく倍率の悪い賭けに投じるようなものだ。葉子だって今さら予言が現実のものになるとは思っていない。昔は弟と一緒に夢中でオカルト雑誌を読んだりもしたが、今はもう二十七歳だ。あのときのような純粋さは残っていない。

中学校の教室ではいつも誰かがノストラダムスの話をしていて、クラスメイトの大半があの短い予言を暗唱できた。特に、テレビで特集があった翌日は『アンゴルモア』はヒトラー以来の新たな独裁者の名前だ」とか「一九九九年七の月は、現在の暦では八月にあたるらしい」などと受け売りの知識を語り合い、一日中その話題で盛り上がることができた。世界が終わるかもしれないという恐ろしさと謎に対する興味心が交ざり合い、皆、何かに憑《つ》かれているかのように夢中だった。しかし、高校生になると次第に話題に上がる頻度が減っていき、進学した女子短大ではノストラダムスの大予言に関する会話は皆無だった。もちろん、今の職場で話す者もいない。幼稚な大人と思われたくないのだろう。

それでも、運命の日を間近に控えた今、何もないまま終わるなんて認めたくなかった。

七月に入り、職場の昼休み中、屋上にあがり一人で空を眺める機会が増えた。「恐怖の大王」が天空から降りてくる姿を夢想し、食後の残り時間を潰《つぶ》した。

葉子は早送りを繰り返し、三十分とかからずに番組を見終えた。残ったのは不快感とむなしさだけだった。

ビデオテープを取り出した直後に、タイミング良く母親が二階から降りてきた。

「おはよう。早いね」パジャマ姿の母は、西部劇に出てくる回転草のようなボサボサの髪型だった。

「おはよう。ちょっとね」と適当に答える。

「パンでいい?」

「うん。お腹すいた」

「すいてたなら、それくらい自分で作りなさい。いい齢《とし》なのに甘えて」母はそう小言を言いながらもテキパキと準備を始める。

ビターチョコレートに似たコーヒーの香りが漂う。いつもはインスタントだけれど、休日だけは少し高い本物の豆を使ってコーヒーを入れる。大昔、父が始めたルールがいまだに守られているのだ。

バターをたっぷり塗ってトーストした食パンを、母と向き合って食べる。

「ああ、そうそう」母が新聞から顔をあげた。

「何？」

「うちに来てた猫いるじゃない。あの痩《や》せてて汚いの」

「ん？　どの猫？」葉子はぎくりとして、とっさにとぼける。

「あんたがエサをやってたオスのキジ猫よ」

驚いてコーヒーをこぼしそうになる。猫にご飯を与えていることは知られていないいつもりだった。いつも母がお風呂に入っている隙に、勝手口からキャットフードを手早くばらまいていたし、フードはクローゼットの奥に隠していたのに。

「あの猫、死んだわよ」

「え、ウソ」

「嘘《うそ》じゃないわよ」母は憮然《ぶぜん》とした口調で言い返してくる。

あの猫はまだそこまで年寄りではなかったはずだ。たしかにここ四日ほどは姿を見せていなかったけれど、しばらく行方をくらますことは過去に何度もあったのであまり心配はしていなかった。

「裏庭で死んでるから、葉子、どこかに捨ててきてよ」

「は？」

「ずっとあのままってわけにはいかないでしょ。臭いがしてきたら困るし」

「そんなの無理」

「じゃあ、他に誰がやるのよ」

「大介《だいすけ》に頼んでよ」

「何言ってんの。大介は東京でしょ」

そうだった。弟は七年前に向こうの大学に入学して、そのまま就職したのだった。同居している感覚がいまだに抜けない。お盆にはカスミさんとかいう名前の恋人を連れてこっちに帰ってくると言っていた。結婚前提の交際なのだそうだ。

「でも、私、触れないよ」

「あんたがかわいがってたんだから、最後まで責任取りなさい」母はパンを齧《かじ》り、突き放すようにそう言う。

「でも――」

「あの猫の糞《ふん》のことで、お隣の田坂《たさか》さんから何回か苦情を言われたことがあったのよ。あっちの庭でウンチしてたって。謝ったのは私なんだからね」

その話は初耳だった。

断ることはできそうにない。

食後、母が黒のポリ袋を差し出してきたけれど、さすがにそれはあんまりなので、小さめの段ボールを一つもらった。これを棺《ひつぎ》代わりにしてどこかに埋めてあげよう。捨てる予定だった古い毛布を中に敷いた。

勝手口から裏庭に回ると、ナツツバキの下に猫がいた。大きく伸びをしたような姿勢で横たわり硬直している。毛はいつも以上に荒れていて、目と口が少し開いている。病気だったのだろうか。

野性味の強い猫で、最後まで懐いてくれなかった。ご飯をもらうときも甘えることは一切なく、むしろ敵意をあらわに唸《うな》るばかりだった。この三年で撫《な》でたことは一度もないし、名前もつけなかった。それでも不思議と見捨てることはできなかった。

彼はいつも孤独で、食事を与えてくれる相手にすら気を許さず、四六時中空きっ腹を抱えて過ごしていた。安心できるねぐらもなかったのかもしれない。そして、最期《さいご》は誰にも知られることのないまま息を引き取った。この猫の一生に意味はあったのだろうか。亡骸《なきがら》を前にそんなことを考えるとやるせない気持ちになった。

触るのは怖かったけれど、ぐずぐずしていると田坂さんに見つかるかもしれない。極力触れずに段ボールに入れる方法を思案したが、名案は何も浮かばなかった。泣きついても母は代わってくれないだろう。

しばらく逡巡《しゅんじゅん》した後、意を決し両手で抱えた。ひっ、とつい声が漏れる。猫は彫刻のように硬く、重かった。せめて軍手をはめておくべきだった、と後悔する。

庭を回って、玄関先に段ボールを置く。立水栓でしっかりと手を洗ってからPHSを取り出した。どうやってもここから先は一人では無理だ。

「もしもし」

「あ、葉子さん？　どうしたの？」予期せぬ連絡に、宇佐《うさ》の声は弾んでいた。

「今日、ヒマ？」

「夕方からバイトだけど、それまでは予定ないよ」いつものタメ口で相手が答える。

「車は使える？」

「出せるよー」

「じゃあ、お願い」

「いつ？」

「今から」

「ドライブ？」

「まあ、そうね」

「了解。じゃあ、二十分でそっちに行くよ」そう言って宇佐は電話を切った。

手短に伝えても面食らった様子はなかった。話が早くて助かる。

そのまま玄関前で彼の到着を待つことにした。まだ九時前なのに気温が高く、額や脇からじっとりと汗が沁《し》み出てくる。

猫は仮死状態なだけで、もしかしたら息を吹き返しているかもしれない。ふと、そう思った。改めて観察すると、心なしか段ボールが動いているようにも見える。

屈《かが》み込んで顔を近づけ、そっと開けると、そこには変わらぬ姿勢と表情のまま猫が横たわっていた。かすかに腐敗臭が感じられ、慌てて蓋《ふた》を閉じる。間近で見た分、ショックはより大きかった。不意に涙が滲《にじ》んでくる。

顔を拭い、座り込んで放心する。いったい自分は朝から何をしているのだろう。

しばらくすると、クラクションが聞こえた。宇佐の車だ。化粧をしていなかったことを今さらながら思い出す。

「おまたせー」宇佐がウィンドウを開け、機嫌良さそうに声をかけてくる。

立てかけてあったシャベルを摑《つか》み、段ボールと一緒に後部座席に積み込む。

「え、え、何これ？」宇佐はこちらの顔と荷物を交互に見比べ、そう聞いてきた。困惑している。期待していたであろうこととずいぶん違うのだから、当然の反応だろう。申し訳ないとは思うけれど、この状況で連絡できるのは彼しか思いつかなかったのだ。

「山に行ってもらえる？」葉子はそう頼む。

「山？　どこの山？」

「あんまり詳しくないから任せる。遠くなくて、あんまり人がいないところがいい」

「状況が分からないんだけど」宇佐は拗《す》ねたように不満顔を作る。

「猫がそこに入ってる。どこかに埋めてあげたくて」

「えっ」

「死んじゃったの」

「あっ、そうなんだ。ごめん」彼は慌てて謝ってくる。

「いや、飼っていたわけじゃないんだけどね」と葉子は言葉を足す。これ以上彼を騙《だま》すような言い回しはしたくない。それを聞いて、宇佐も少しほっとしたようだった。

「それなら大野山《おおのやま》に行こうか。三十分くらいで着くし、上にはダムがあるくらいで、ドライブするカップルとか走り屋もほとんど来ないから」

「お願い」

「オーケー。じゃあ出発するよ」

宇佐がキーを回すとエンジンがブルブルと音を立てた。ごく普通の大学生である彼がマイカーを持てるはずはなく、当然これは父親の所有物だ。ブルーバードとかいう車種だそうで、ずいぶん年季が入っている。車内にはなんともいえない「家族」の匂いが充満していた。

宇佐とは二か月前の合コンで知り合った。西園《にしぞの》さんという新人の子が主催して四対四で行ったときに、葉子は最後の一人として声をかけられた。きっと誰かの穴埋めだったのだろう。その証拠に、自分だけが二十代後半だった。それでも何かの気晴らしになれば、と久しぶりにその手の飲み会に参加した。

しかし、まさか相手が大学生だとは予想もしなかった。

自己紹介の時点から、彼らの「ノリ」についていけなかった。相手側からしても二十七歳の会社員なんて、対象かどうか以前にほとんど宇宙人みたいなものだろう。葉子は会社でしているのと同じようにニコニコと愛想笑いを浮かべ続け、早く時間が過ぎるよう祈った。

カラオケの誘いを辞去すると、男子たちはほっとした表情を浮かべた。いや、女性陣もそうだったかもしれない。きっと西園さんに悪気や嫌がらせの気持ちがあったわけではないだろう。ただ単に思慮が足りなかっただけだ。

自己嫌悪を抱えながら駅まで歩いていると、後ろから男子の一人が追いかけてきた。それが宇佐だった。

俺《おれ》、カラオケ苦手だからさ、と言う彼と、なんとなしに近くのバーに入った。合コンの最中も、彼だけは自分のことを特別扱いせず普通に話しかけてくれたし、大学生特有の緩さが見ていて羨《うらや》ましくもあり、もう少しだけ同じ空気を吸って学生気分を味わうのも悪くない気がしたのだ。

古いR&Bが流れる店内で、宇佐は格好つけてマッカランをダブルで注文したけれど、一口飲んで苦そうに顔をしかめたきり、口をつけなくなった。

「葉子さんさ、さっきの店でずっと何か違うこと考えてただろ」

宇佐の言葉にドキリとする。彼も他の参加者と同じように陽気に盛り上がっているばかりだと思っていた。

「案外鋭いのね」葉子が素直な感想を口にすると、案外ってなんだよー、と彼は抗議した。

「なんだか場違いな気がして、居たたまれなかった」彼の前では嘘をつく必要はないように感じ、陽子は素直な言葉を口にした。

「全然場違いなんかじゃなかったけどなぁ」

「だから『この瞬間、隕石が落ちてきて世界が滅亡すればいいのに』ってずっと念じてた」

そう告白すると、宇佐は目を見開き、他の客に注目されてしまうくらい大きな声で笑った。

「葉子さん、面白いね。それってノストラダムスだろ。恐怖の大魔王が来るとかなんとか」

「恐怖の『大王』、ね」葉子は訂正する。

「でも、残念ながら来ないっぽいね。隕石なんて見つかってないし」

「分からないわよ。実は地球のすぐ近くまで接近してきてるかもしれない」

「いやいや、世界が滅亡するくらい巨大なヤツならＮＡＳＡとかがとっくの昔に発見してるって」

「ううん、そんなことない。ＮＡＳＡが監視できる範囲なんてごく限られてるの。地球の周囲たった十五パーセントくらいよ。人的にも機器的にも全てをカバーできるほどの処理能力がないの。この前調べたからそれは間違いない。五年くらい前、木星にとてつもないサイズの隕石がいくつも連続して落ちた。もし地球だったらそれこそ滅亡するクラスの巨大隕石群よ。それほどのものにもかかわらず、ＮＡＳＡは全然気づいていなかった。だから、何が起きても不思議じゃない」私はそう説明する。

いやぁ、でもなぁ、などと言って宇佐は納得していないようだった。未知のウイルス説のほうがまだ現実味があると主張した。

そんな話をしているうちに終電の時間になったので、電話番号を交換し解散した。利用する電車の路線は別だけれど、直線距離にしたら互いの家はそれほど遠くないことも分かった。最寄りの駅に着くと、歩く元気が残っていなかったので、奮発してタクシーに乗った。後部座席に身を埋め、目をつむる。久しぶりに飲んだアルコールのせいもあるだろう。体がふわふわし、車の揺れが大きく感じられた。

まぶたの裏の暗闇に、何か小さな豆粒が映る。

隕石だ。

それは、マイナス二七〇度の漆黒《しっこく》を切り裂きながら凶暴な猪《いのしし》のようにぐんぐん進んでいる。葉子以外、世界の誰もまだその存在に気づいていない。でもそれは確かに近づいていて、直線上の遥《はる》か先には地球が存在している。そんなことを想像していると、少しだけ愉快な気分になった。一次会の嫌な気分はいつの間にか消えていた。

今日の宇佐は変に神妙だった。猫の存在のせいだろう。できればいつものようにたわいのない話を大げさに語ってほしい。いつになく重い空気の中、ラジオからは将棋の対局が中継されていた。なんで音楽かけないの、と聞くと、ＣＤ持ってくるの忘れた、と彼が答えた。

「そういえば、そろそろ就職活動の準備始まった？」試しにそう聞いてみた。考えてみたら、二人の間に共通の話題はあまり存在していない。

「えっ、何？」運転に集中していたのか、宇佐はうまく聞き取れなかったようだ。

「いや、何でもない。ごめん」そう謝って撤回する。前会ったときにそんな話をしたとはいえ、今は何の関係もないし、葉子だってとりたてて興味があるわけでもなかった。

見慣れた街並みを離れ、周囲に緑が増えてくる。初めてではないけれど、こちらのほうに来ることは滅多にない。

「ああ、さっきの、就活のことね」少し遅れて言葉が呑《の》み込めたらしい。

「あ、うん」もういいのだけれど。

「始まったよ。先週、就職課のキックオフオリエンテーションがあった」

最近はそんなのがあるのか、と少し驚く。

「全員、リクルートスーツ着用が義務でさ。冷房のない講堂で一時間半も説教というか、ほとんど脅しみたいな話を聞かされて、本当たまんなかったよ。自己分析、企業研究、ＳＰＩ対策、模擬面接。内定を貰《もら》うまでばっちりプログラムが組まれてるらしい」宇佐は渋い表情を浮かべ、車を右折させる。きっとそのときも同じ顔をしていたのだろう。

「今は就職氷河期っていうもんね」

「ただの氷河期じゃないよ。『超氷河期』なんだって。嫌なタイミングだなぁ」

葉子が就職活動をしていたときは、バブル景気が弾《はじ》けた直後ではあったものの、まだ企業の多くは半信半疑な部分もあって、新卒の採用はそこまで減っていなかった。葉子は早々に学校推薦を貰い、深く考えないまま内定を獲得した。

「葉子さんが言うみたいに、予言が当たれば就活しなくて済むのにな」と宇佐が呟《つぶや》く。

「当たるかもよ」

「よっぽど当たってほしいんだね」宇佐はそう言って少しだけ笑った。

別に人生に絶望しているわけじゃないし、深刻な悩みがあるわけでも特段不幸せなわけでもない。宇佐とこうやって話すのだって悪くない。それでも葉子は予言の成就を強く願っていた。

おもむろにブルーバードが徐行し、停車する。意図が分からず、葉子は首を傾《かし》げる。

「ちょっとジュース買ってくる。葉子さん、何か飲む？」と五メートル先の自動販売機を指さした。なるほど。

「私も行く」葉子はそう答え一緒に車を降りた。

騙すように駆り出したお返しにはとてもならないだろうけど、ジュース代は出した。彼はコーラを選び、葉子はペットボトルの紅茶を買った。

太陽のまぶしさに葉子は手をかざす。空は低く、日差しはずいぶん強い。夏がすぐそこまで近づいているのだ。宇佐だって、猫の埋葬なんかより海にでも行きたかっただろう。

「どれだけ空を眺めても隕石は落ちてこないよ」こちらを見て、茶化すように宇佐が言った。

「そんなこと考えてない」と葉子は抗議する。

嘘だ。本当は少しだけ考えていた。

宇佐がプルトップを開けると、ぷしゅっと小気味良い音がした。腰に手をあて、ごくごくと実においしそうに飲む。バーのときとは大違いだ。

一本では足りなかったのか、宇佐は一気に飲み干すと、さっと財布を取り出しミネラルウォーターも買った。

「さっきの話だけどさ」

「うん？」

「就職のこと」

「ああ、うん」

「葉子さんは仕事、楽しい?」

予想外の質問で、返答に困る。

決して楽しいとはいえない。けれど、数字の帳尻がうまく合ったときや、予定より早く作業を終えたときなど、ちょっとした喜びめいたものを覚える瞬間もないことはない。降水確率六十パーセントの日に傘を差さず家まで帰れた日や、美容室でイメージどおりのカットをしてもらえたときのような感覚に似ているかもしれない。でも、それを具体的にどう伝えたら良いか分からない。

「週五日、朝から晩まで同じところで働かなくちゃならないんだろ。しかも四十年間くらい。正直、恐怖しか感じないんだけど」

「それは、しばらくしたら慣れるよ」

「そんなもんなの?」

「そんなものよ。私だって最初はいろんなことが怖かったし不安だった。でもね、麻痺《まひ》するって言ったら表現が正しくないかもしれないけど、大抵のことは我慢できるようになる」

ただ一つを除いては。

月一回の課内ミーティングのとき、最後に必ず島村《しまむら》課長の「講話」が行われる。人生訓だったり、経験談だったり。たいして面白くないし、勉強になる要素も少ない。それでも同僚は皆揃《そろ》って赤べこのように終止頷《うなず》き続ける。その光景がどうしても耐えられなかった。でも、そんなことを宇佐に話してもうまく伝わらないだろう。いや、宇佐だけじゃない。誰に説明したところで理解してもらえるとは思っていない。

「暑いから車に戻ろうよ」葉子はそう促し、返事も待たずに歩き出した。

車が再び動き出すと、自動販売機が後ろに流れていく。

不意にPHSが鳴る。弟からだった。宇佐に断ってから電話に出る。

「ああ、姉ちゃん、今は家？」

「ううん」

「外？」

「えっと」と言葉に詰まる。

「まあいいや。今話せる？」

「短くならいいよ」

「あのさ、盆に帰ったとき正式にお願いするけどさ」大介は少し神妙な声になってそう言った。葉子まで緊張してくる。

「今度、マンションを買おうと思うんだ。それで、姉ちゃんに保証人になってほしいんだけど、いいかな？」

「マンション？」驚いて訊《き》き返す。

「うん」

「買うの？」

「そう」

「早くない？　あんた、まだ二十五でしょ」働き出してまだ三年ちょっとしか経《た》っていない。「うちの会社、転勤がないから皆けっこうすぐに買うんだよ。それに、今から三十五年ローン組んだら、終わるの六十歳だぜ。そう考えたら全然早くないよ」

「保証人なんて、お母さんに頼みなさいよ」言いくるめられそうになったので、矛先《ほこさき》を変える。

「いや、母さんじゃ通らないんだ」大介は少し躊躇《ちゅうちょ》してからそう言った。たしかにパート勤めの身では保証能力は認められないかもしれない。

「じゃあ、彼女さんの親とか兄弟とか」

「まだ婚約もしてないのに、そんなことお願いできないだろ」

何を言っても的確に返される。こちらが考えることなど、最初から想定内なのだろう。気になるようで、宇佐がチラチラと横目でこちらを窺《うかが》っている。

「姉ちゃんの勤め先はけっこうお堅いからさ、信用度は高いと思うんだ」

「たしかに会社は大きいけど、私はしがない一般職よ」

「大丈夫だって」

「……まあ、考えとく」葉子はひとまずそう答えておいた。

「頼むよ」

「ただ、もう一度よく検討してから決めなさいよ。それこそ一生の買い物になるんだから」

「それは分かるけど、タイミングも大切だよ。姉ちゃんもあんまり慎重すぎると行き遅れるぜ」

「余計なお世話」偉そうに。

「姉ちゃんも一回くらい恋の引力に身を任せてみろよ。案外悪くないもんだぜ」

聞いているこちらが赤面するような台詞《せりふ》を吐かれ、絶句していると、運よく電波が切れ、通話が途絶えた。外に目を向けると、車はすでに山を登り始めていた。

中学一年生くらいまでの弟ははっきり覚えているのに、最近の姿を思い出そうとすると像がぼやける。ただ、平気な顔で愛を語るような人間でなかったことは確かだ。婚約で頭がのぼせ上がっているのだろう。顔を寄せ合って予言書を読んだ弟はもうどこにもいない。

「ごめん」宇佐に謝る。

「いいよー」宇佐は何気《なにげ》ないふうを装っている。

「弟、マンション買うんだって。そのうち結婚もするみたいで」一応、説明をしておく。

「ふうん」と頷く宇佐の声ははっきりと明るくなっていた。血縁者だと分かりほっとしたようだ。

山道は緑が平地よりずっと濃く、ガードレールをはみ出し迫ってくる草木もある。頭上を木々に覆われ、太陽が見えたり隠れたりする。道路が右に左に大きくうねり、葉子ははらはらするが、宇佐は涼しい顔でハンドルを切っていた。

「ここらでいいかな」道路が左に少し膨らんでいて、他の邪魔にならなそうな場所に宇佐が車を停《と》めた。

「段ボール、持とうか？」彼がそう申し出る。

「ううん、いい。代わりにシャベルをお願い」

「でも、山の中に入るんだよ」

「大丈夫だって」と葉子は再び断る。

車を降り、段ボールを抱えたままガードレールを乗り越える。名前も分からない細い木立の間をくぐり、生い茂る草をかき分けるように進む。植物の匂いがむっとするほど充満している。道は緩やかな下りになっていて、気を抜くと足を滑らせそうになる。いたるところでセミが鳴き、反響で方向感覚が失われていく。先を行く宇佐の背中だけに集中しよう。

五分ほど歩くと、小さな舞台のように平らな土地に出た。ここだけはそよ風が吹き抜け、植物がやんわりと揺れていた。

「ここがいい」葉子がそう言うと、宇佐は振り返り、オーケー、と答えた。

宇佐が一本の木の根元を掘り始める。最初はほとんど食い込まなかったけれど、繰り返すうちに次第に深く刺さるようになった。彼の頬を汗が伝い、地面に落ちる。交替するよ、と申し出たけれど、彼は最後まで代わろうとしなかった。

五十センチ四方の穴を作るのに、二十分ほどかかった。作業を終えた宇佐はシャベルを杖《つえ》代わりにし、肩で息をしている。

段ボールを穴の中に置き、手を合わせる。祈りを捧《ささ》げるか、お別れの言葉を告げるべきだろうけれど、心の中には何も浮かばなかった。せめて猫がかわいかったときの姿を思い起こそうとしたけれど、一心不乱にキャットフードを貪《むさぼ》る光景くらいしか出てこず、葉子は苦笑しそうになる。三年間、奇妙な関係だった。隣では宇佐が目をつむり、首《こうべ》を垂れていた。

シャベルで土をかけていき、小高く盛る。猫の世界に天国があるのかは分からないけれど、少なくともここであれば穏やかに眠ってもらえそうだ。自分が死んだときもここに埋めてほしいとさえ感じた。

宇佐がペットボトルの封を開け、ミネラルウォーターを土の上にかける。

「喉が渇いたらかわいそうだからさ」

「そっか。そうね」葉子も頷く。

戻ろうか、と歩き出す宇佐についていく。途中、意味もなく一度だけ振り返った。土が水を吸って茶色に輝いていた。

宇佐がこのまま一緒にいてくれるのなら、山の中で遭難してもいい。突拍子もなくそう感じた。でももちろん、彼はそんな気持ちには気づかず、迷わず斜面を登っていく。通った道をしっかり覚えているのだ。

再びガードレールを乗り越え、靴の泥を入念に落とす。車を汚すと父親にこっぴどく叱られるのだという。車内に置いていた紅茶の残りを彼にあげる。

キーを回しエンジンがかかると、カーオーディオから音声が流れだした。まだ将棋をやっている。冷房がひんやりと心地よく、現実に戻ってきたのだと実感する。

帰り道、肩の荷が下りたのか宇佐は饒舌《じょうぜつ》だった。ようやくいつもの調子が戻ってきたようだ。葉子は相手の話に相槌《あいづち》を打ち、冗談に笑った。ＰＨＳを見ると、弟から着信が三回入っていた。

ジュースを買った自動販売機を通り過ぎたあたりでラジオが突然切り替わった。

「放送の途中ですが、ここでニュースをお伝えいたします」男性アナウンサーが切迫した口調でそう告げる。ただならぬ雰囲気に葉子と宇佐は会話をやめ、耳を傾ける。

「アメリカ航空宇宙局ＮＡＳＡは、さきほど緊急会見を開き、地球に接近、落下する可能性が極めて高い隕石が発見されたと公表しました。大きさは直径約四千メートルで、小惑星に匹敵するサイズであり、衝突した場合は甚大な被害が予想されるとのことです。軌道計算によると、最接近は今月の三十日になる見込みで、落下地点はまだ不明だそうです。また、ホワイトハウスのロックハート報道官はこのあと午後八時、日本時間午前九時からクリントン大統領が会見を開くと発表しました。繰り返します。アメリカ航空宇宙局ＮＡＳＡは――」

宇佐は顔を青ざめさせ、路肩に車を停めた。アナウンサーが原稿を読み上げ続ける。慌てて他の放送局に切り替えたが、全て臨時ニュースとなっていた。

「……どうしよう。あと六日しかない」唇を震わせ、宇佐が呟く。

「私たちではどうしようもないでしょ」

「これ、嘘とか冗談じゃないよね？」

「違うでしょうね」

葉子は自分がさほど驚いていないことに気づいた。むしろ、胸のつかえがすっと取れたような爽快感さえ覚えている。

人類が滅亡するのであれば、宇佐は就職しなくて済むし、自分もこれ以上課内ミーティングに出なくて済む。素晴らしいじゃないか。それなのに彼は少しも嬉《うれ》しそうでなかった。

「なんでＮＡＳＡは今まで気づかなかったんだよ！」宇佐が八つ当たりのように大きな声を出す。

「怒鳴《どな》らないでよ。前も言ったでしょ。ＮＡＳＡだって全知全能じゃないって。見落としだって、盲点だって沢山《たくさん》あるわよ。いくら優秀な科学者が集まっているっていっても、宇宙の全てを把握することなんてできないの」

「でもさ――」と言いかける彼の言葉を遮る。

「隕石は落ちてくる。もうそれは決まったの。もしかしたら、どこかの時点で軌道が一センチずれていたら地球にはぶつからなかったかもしれない。でも、私の願いを聞き入れて、きっとあの猫がその一センチを引き寄せてくれたのよ」

「葉子さん、何言ってるか分かんないよ」宇佐は混乱している。

「分かろうが分かるまいが、そういうことなの」葉子は確信していた。

「もし隕石の衝突を阻止したいなら、あなたも同じように願いなさい。その祈りが、私の願いを上回ったら回避できるかもしれないわよ」

「……そんなわけないだろ」沈んだその声には悲痛さが滲んでいた。

「運転、代わろうか」動揺している彼には任せられそうにない。

葉子はペーパードライバーで、ハンドルを握るのは免許を取ったとき以来だったけれど、不思議と不安はなかった。外に出て、ぐずる宇佐を引っ張り出し、座席を交替する。

そろりとアクセルを踏むと、イメージどおりに車が動き出した。ブルーバードは山から離れ、自動販売機からも離れていく。葉子は無意識のうちに鼻歌を口ずさんでいた。

あとがきに代えて

相川英輔《あいかわえいすけ》という名前は筆名で、一日の七割くらいは本名のほうで過ごしている（ここでは仮に「佐々木達也《ささきたつや》」としておこう）。

相川英輔と佐々木達也の人格を往来する生活は、まるで二人だけでリレー大会に出ているようなもので、ひっきりなしにバトンが渡され、忙しいことこの上ない。だが同時に、二人分の人生を歩めるというのはとても贅沢《ぜいたく》な生き方でもある。また、二つの人格をそれぞれ客観的に眺めることができるのも利点だろう。

というわけで、ここでは『佐々木達也から見た相川英輔』という形式で記していきたい。

相川氏は一九七七年生まれの小説家で、現在は福岡県在住である。刊行作のうち、実質的なデビュー作にあたる『雲を離れた月』（書肆侃侃房《しょしかんかんぼう》）は伝奇風味のある物語で、二作目の『ハンナのいない10月は』（河手書房新社）は大学を舞台としたハートフルな物語であった。そして、今回の『黄金蝶《おうごんちょう》を追って』はＳＦ・ファンタジーと、作品ごとにジャンルが変化しているのが特徴といえよう。

相川氏はこれまでに複数の地方文学賞を受賞しているものの、小説家デビューの王道である大手出版社による、いわゆる「中央」の新人文学賞の類《たぐい》には縁がない。意外にも彼が最初にブレイクするのは日本ではなく、海の向こう側であった。二〇二〇年からトシヤ・カメイ氏によって作品が英訳され、海外で紹介されるようになる。日本では電子書籍でしか刊行されていない短篇「ハイキング」が、アメリカで先に紙媒体で刊行されるなど、英語圏でいち早く受け入れられる。特に、本作に収録されている「ハミングバード」はアメリカのＳＦ誌「ストレンジホライズンズ」の別冊「サモワール」に、日本人小説家として初めて掲載され、その後、英国幻想文学大賞の受賞歴もある朗読サイト「ポッドキャッスル」でも日本人として初めて朗読されるなど、海外で高い評価を受けた。

そのような英語圏での評判を受けて、日本国内でも発表の機会が増加するという、ある意味で「逆輸入作家」と呼べるであろう。

以下、本作に収録された作品を紹介していくが、本編より先にこちらを読まれる方もいるであろうから、内容には深く触れずに記載するので、安心して続きを読んでいただきたい。

星は沈まない

コンビニエンスストアが舞台の作品。近年はＡＩの進化が目覚ましく、現実世界においても無人コンビニや店長業務をサポートするタブレットＡＩなどが出てきている。作中に登場するオナジのように発注や防犯まですべてを完璧にこなすものはまだ存在しないものの、私たちが本作に描かれたような現実を目にする日はそう遠くないのかもしれない。

ハミングバード

三十代半ばの独身女性が、中古ながら念願であったマンションを手に入れるが……、という物語。前述のとおり英訳され、アメリカのＳＦ専門誌「ローカス」にも書評が掲載されるなど英語圏で高く評価された作品。全世界を対象にするのであれば、おそらく相川作品の中では最も多くの人に読まれている一作である。

日曜日の翌日はいつも

とある男子大学生の身に起きた不思議な事象と、それを通じてアスリートの孤独が描かれる。第13回坊っちゃん文学賞佳作受賞作。青春ものを募集する文学賞に対し、ＳＦ作品を送るというのは、今考えればかなり無謀だったのかもしれない。しかし、こうやって日の目を見ることができてよかったな、としみじみ思っている。

黄金蝶を追って

一九六〇年代から始まる物語。この作品を書くにあたって当時の時代背景などを調べたことなどは覚えているものの、執筆をした記憶が不思議なほど残っていない。夢の中で書き上げたような感覚だ。作中で尾中誠《おなかまこと》は魔法の鉛筆を使って絵を描くが、もしかするとこの作品もある種の魔法によって生み出されたのかもしれない。

シュン＝カン

歌舞伎の演目「平家女護島《へいけにょごのしま》」の二段目「鬼界ヶ島《きかいがしま》の段（通称：「俊寛《しゅんかん》」）」を題材とした作品。「俊寛」は人形浄瑠璃《にんぎょうじょうるり》や能でも演じられる有名な演目だが、ここではるか未来の物語となっている。「星は沈まない」の主人公・須田俊寛《すだとしひろ》の末裔《まつえい》と推測される登場人物や、コンビニＡＩであったオナジが大きな変化を遂げて再登場する。原則、本短篇集はどの作品から読んでも差し支《つか》えないものの、この「シュン＝カン」だけは「星は沈まない」の後にお読みいただきたい。

引力

二十世紀末にまだ生まれていなかった、あるいはまだ幼かった方はご存じないかもしれないが、当時は空前のノストラダムスブームであった。真面目に信じる者も、「予言など当たるはずがない」と笑い飛ばす者も、誰もが一九九九年七月を強く意識して暮らしていた。それは人類にかけられた呪いであったとさえいえるだろう。当時を経験していない人からすると下手な冗談にしか聞こえないかもしれないが、わずか二十年ほど前、世の中を覆っていた紛れもない現実である。

このあたりで相川氏にバトンを返そう。

あとがきにつきものの謝辞だが、書き始めると相当なページ数を費やすことになるので個別に氏名を挙げることは割愛させていただく。ただし、本作を刊行するにあたって、これまで相川英輔に関わってくださったすべての方に心から感謝しています。世に本を一冊送り出すというのは小さな奇跡のようなもので、関係者の誰か一人でも欠けていたら『黄金蝶を追って』が書店に並ぶことはなかったと思っている。

そして、なにより本作を読んでくださった皆さんに感謝いたします。豊かな時間となったのなら嬉《うれ》しいです。読んでいる間、さまざまな感情が心に浮かんだと思う。私は創作者であるのと同時に本が好きな読者の一人でもある。そして、皆さんも同じく読者であり、同時に創作者でもあるのだ。本を読むというのは、ある意味とても能動的な行動なのだと思う。

次なる作品で皆さまとお会いできることを楽しみにしています。

相川英輔

初出一覧

星は沈まない　「小説すばる」２０２１年７月号（集英社）

ハミングバード　「ハミングバード」２０１９年２月（惑星と口笛ブックス）

日曜日の翌日はいつも　「ハイキング」２０１７年10月（惑星と口笛ブックス）
※第13回坊っちゃん文学賞佳作受賞作

黄金蝶を追って　書き下ろし

シュン＝カン　書き下ろし

引力　「ヒドゥン・オーサーズ」２０１７年５月（惑星と口笛ブックス）

書き下ろし以外の作品は、掲載時より加筆・修正を行っています。